MARISE CORTEZ

A ESSÊNCIA

Volume II

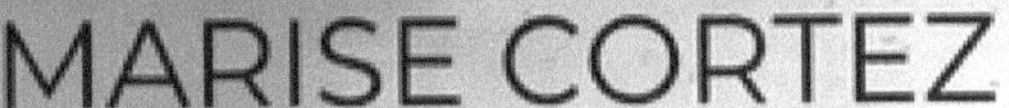

Aromas de Amor

UMA HISTÓRIA DE AMOR
E RECOMEÇOS

Marise Cortez

A ESSÊNCIA

volume II

Aromas de amor

Dados Internacionais de Catalogação na Publicação (CIP)
(Câmara Brasileira do Livro, SP, Brasil)

Cortez, Marise
    A essência : volume II : aromas de amor / Marise
Cortez. -- Divinópolis, MG : Ed. da Autora, 2023.

    ISBN 978-65-00-74968-7

    1. Ficção brasileira I. Título.

23-164801   CDD-B869.3

Índices para catálogo sistemático:

1. Ficção : Literatura brasileira   B869.3

Tábata Alves da Silva - Bibliotecária - CRB-8/9253

Capa: Horizonte das Letras

Diagramação: João V. Ratton

Revisão: Deborah A. Ratton

Esta é uma obra de ficção. Qualquer semelhança com fatos, nomes e datas reais é mera coincidência.

Aromas de Amor

A Nota da autora

Queridos leitores,

Espero que esta carta encontre vocês cheios de curiosidade e ansiedade para mergulhar em "A Essência II - Aromas e Amor", meu segundo livro e continuação direta de "A Essência I - Aconteceu no Outono". Gostaria de compartilhar algumas informações importantes para garantir que sua experiência de leitura seja completa e enriquecedora.

"A Essência II - Aromas de Amor" é uma continuação direta da história que se iniciou em "A Essência- Aconteceu no Outono". Ambos os livros são interligados, e a leitura separada pode comprometer o entendimento pleno da narrativa e o envolvimento emocional com os personagens e suas jornadas.

Em "A Essência- Aconteceu no Outono", apresentei os personagens principais, Helena e Antoine, e seus desafios individuais. Através de suas trajetórias e encontros, os leitores foram apresentados a segredos, amores adiados e uma busca pelo amor. Agora, em "A Essência II - Aromas de Amor", a trama se aprofunda, novos obstáculos surgem e os personagens enfrentam dilemas que testam sua força interior.

Reforço a importância de ler "A essência I -Aconteceu no Outono" antes de embarcar em "A Essência II - Aromas e Amor" para vivenciar plenamente o desenvolvimento dos personagens, a evolução dos relacionamentos e a compreensão das motivações por trás de suas ações. A leitura em sequência permitirá que vocês mergulhem mais profundamente nas emoções, nos segredos revelados e nos momentos de reencontro que aguardam os protagonistas.

Lembro também que, ao ler em sequência, vocês poderão apreciar as nuances e referências sutis que conectam os dois livros, enriquecendo a experiência como um todo. Cada detalhe e revelação são cuidadosamente tecidos para criar uma narrativa coerente e envolvente.

Quero agradecer a todos vocês pelo apoio e pelo carinho dedicados à minha escrita. É uma honra e uma alegria compartilhar essa história com vocês. Espero que "A Essência" desperte emoções intensas, traga reflexões sobre amor, redenção e segredos guardados por muito tempo.

Desejo a vocês uma jornada inesquecível por meio das páginas de "A Essência" e a certeza de que, ao ler em sequência, vocês aproveitarão ao máximo essa continuação cativante.

Com gratidão,

Marise Cortez

"Às vezes, o destino nos brinda com segredos guardados, que se revelam no momento em que mais precisamos. E no encontro da essência de dois corações, o amor se renova e a esperança floresce."

Para você, leitor. Que em meio a tantas obras, escolheu a minha para dedicar seu tempo de leitura. Gratidão!

Aromas de Amor

Dez anos atrás...

Era como se os próprios sussurros das sombras anunciassem a chegada do inesperado. Uma sensação indescritível percorria minhas veias, alertando-me para a iminência de uma reviravolta que transformaria para sempre o curso da história.

Confesso que fiquei curioso quanto às intenções do garoto em procurar um detetive. Decidi descobrir tudo, ofereci-lhe ajuda. Conhecia alguém tão inescrupuloso quanto eu, que poderia nos ajudar.

Tratava-se de uma noite aparentemente comum, sem indícios visíveis do que poderia acontecer. Mas, por trás da aparente tranquilidade, segredos começariam a se desdobrar. Tirei o telefone do gancho e fiz a ligação, sendo atendido imediatamente.

— Alô, senhor!

— Preciso dos seus serviços.

— Pode falar!

— Vamos nos encontrar no local habitual, prefiro explicar pessoalmente.

— Combinado! Estarei lá em uma hora.

— Ótimo! Até breve.

Enquanto me preparava para o encontro, comecei a traçar um plano mentalmente. Se algo está acontecendo, eu descobrirei o que é. No horário marcado, ele já estava esperando por mim. Saí do carro e me aproximei da mesa onde ele tomava seu café tranquilamente.

— Bom dia, senhor!

— Bom dia. Não tenho muito tempo a perder, então vou direto ao ponto. Preciso que você faça um trabalho para alguém, mas, antes de passar qualquer informação que conseguir, traga-a para mim.

— Certo, senhor.

— Pelo mesmo trabalho, você será pago duas vezes. O garoto irá combinar os detalhes diretamente com você e você deve lhe cobrar um valor. Eu irei pagar pelo serviço que prestará a mim, sem que ele saiba.

— Entendido.

Entreguei-lhe um envelope recheado de euros. Ele pegou-o e conferiu o conteúdo, sorrindo de lado.

— Isso é apenas uma parcela para ajudar nos seus primeiros passos.

— Farei como me pediu. Quando saberei mais sobre o serviço?

— Ainda hoje, no final do dia, vá ao escritório. O garoto estará lá, ele deve pensar que está contratando você. — Dei um leve piscar de olhos e o vi concordar com a cabeça.

— Estarei lá.

No final do dia, o detetive e Antoine estavam presentes em minha sala.

— Tudo o que quero é que a encontre para mim. Este é o número de telefone que ela costumava ter, mas acredito que não esteja mais em uso. Eu tentei várias vezes, mas nunca obtive resposta. — O garoto entregou um papel com algumas anotações. — Aqui também está o endereço dos pais dela, mas ela não mora mais lá.

O detetive pegou o papel e leu as informações. Ele coçou a barba e olhou novamente para o garoto.

— Essas são todas as informações que você possui?

— Sinto muito, mas sim, é tudo o que tenho. Acha que há alguma chance de encontrá-la?

— Bem, não vou mentir. As chances são pequenas. Este país é enorme. É quase como procurar uma agulha em um palheiro.

O semblante do garoto se contraiu. *Quem é essa garota? Por que ele está tão determinado a encontrá-la?*

— Entendo que não será fácil — o garoto diz desanimado —, mas você pode tentar?

— Claro, isso não será um trabalho barato.

— De quanto você precisa?

O detetive olhou para mim antes de escrever o valor em um papel e entregá-lo a Antoine. Ao ver os números escritos, ele arregalou os olhos.

— Mas é tudo isso?

— Eu te disse que será um trabalho difícil. Pode levar mais tempo do que imagina. Quer desistir? Porque não posso garantir que vou ter sucesso na busca.

Ele pensou por um momento. Olhou para mim com apreensão. Eu aguardo sua resposta com expectativa, pois sei que o valor exigido pelo trabalho tem bastante dígitos.

— Não vou desistir, não sem tentar! — ele disse finalmente. — Você terá seu dinheiro na conta ainda hoje.

— É assim que se fala, garoto! Tenha certeza de que farei o meu melhor! Começarei a busca imediatamente e, assim que tiver alguma informação, entrarei em contato.

Vi um brilho de esperança nos olhos de Antoine. O detetive o cumprimentou com um aperto de mãos e saiu da sala de reuniões.

— Você tem certeza de que quer gastar todo esse dinheiro para encontrar essa garota? — questionei.

— Tenho certeza — ele respondeu brevemente.

— Entendo que ela seja muito importante para você!

— Sim, muito. Preciso ir. Tenho que fazer a transferência para ele. Obrigado pela sua ajuda — não me deu explicações.

— De nada. Conte comigo se precisar de algo mais.

Ele acenou com a cabeça positivamente e se retirou da sala, me deixando imerso em meus pensamentos. Esse garoto se meteu em alguma confusão. Há algo suspeito no ar. Posso sentir.

Alguns meses depois...

O telefone tocou, interrompendo minha atenção nos contratos sobre a mesa. Retirei do gancho e atendi.

— Alô!

— Senhor, tenho novidades.

— Você a encontrou?

— Precisamos nos encontrar.

No meio da noite, quando a escuridão abraçava a cidade, um segredo adormecia, esperando para ser descoberto. Eu seria esse que descobriria o que aquele garoto escondia. Sob a luz fraca do luar, uma figura misteriosa emergia das sombras, carregando consigo mistério e intriga. Um destino obscuro se desenrolava diante dos meus olhos, enquanto o passado sussurrava suas verdades ocultas. Estava prestes a descobrir tudo.

A luz do poste pouco clareava, a figura altiva ia surgindo aos poucos, deixando a penumbra à medida que ia se aproximando do meu carro. Ele abriu a porta e entrou.

— Diga-me o que foi que descobriu? — disse sem rodeios, pois já estava consumido pela expectativa do que ia descobrir.

Eu não tinha tempo para cumprimentos e bajulações. E ele sabia bem disso. Por essa razão eu gostava de chamá-lo quando precisava.

— Bem, sinceramente, eu estava convencido de que seria um caso perdido. Rastrear uma pessoa sem qualquer pista sobre sua direção parecia impossível.

— Então você falhou!

— Calma, não foi bem isso que eu disse...

— Então, por favor, seja direto! Não tenho tempo para enrolação.

— Na verdade, eu estava prestes a desistir quando fui visitar meu irmão em São Paulo. E, por um golpe do destino, acabei encontrando o impossível.

— Então você finalmente a encontrou?

— Sim, não apenas a encontrei, mas descobri algo que talvez lhe agrade.

— Diga logo!

— A garota está grávida! E, pelo que descobri, não se relacionou com ninguém desde que chegou a São Paulo. Então suponho que possa ser do garoto.

— Como pode ter certeza de que ela está grávida dele?

— Bom, como lhe disse, certeza eu não tenho, mas, pelo que investiguei da vida dela, já chegou grávida a São Paulo.

Então se devia a isso o interesse de encontrá-la. *Ela está esperando um filho dele.*

— Quero que encontre alguém para vigiá-la a partir de agora. Preciso receber notícias decorrentes. Preciso me manter informado sobre ela e o bebê. E, assim que possível, quero um teste de DNA.

— Já tenho alguém em mente. Terá notícias minhas em breve.

— Faça isso o mais rápido possível. E, mais uma coisa, essa pessoa precisa ser confiável, não pode levantar suspeitas.

— Compreendido. Farei o que for preciso. Meu sobrinho se encaixa perfeitamente no que você precisa. Mas, em relação ao garoto, o que devo fazer? Conto tudo a ele?

— Não, dirá a ele que não a encontrou. Que está encerrando o caso por falta de informações.

— Está bem. Farei conforme suas instruções.

Segredos enterrados sob camadas de mentiras. Nada era o que parecia. Cada um carregava consigo segredos profundos e motivações obscuras, prontos para serem revelados.

CAPÍTULO 1

Uma semana se passou desde que descobri o desvio de dinheiro da minha empresa. Utimamente estou me arrastando para ir trabalhar. As coisas parecem ter perdido a cor. Não estou chateado pelo valor que foi desviado, estou pouco me importando com o dinheiro. Eu perdi algo muito mais valioso. Perdi Helena.

Depois de armar para mim e conseguir roubar uma quantia generosa de dinheiro, ela fugiu. Decerto não teve coragem de me encarar e dizer que foi pelo dinheiro. Tudo foi apenas pela droga do dinheiro.

Em momento algum ela se importou com meu coração. Como posso ter me enganado tanto com uma pessoa? Isso sim, está me matando. Eu lhe entreguei meu coração. Há anos ela o tinha nas mãos. Ficou com o que eu tinha de mais precioso. Ao reencontrá-la, pude senti-lo batendo novamente no peito. E sem pedir licença, ela o pisoteou. Sem culpa ou remorso.

Agora que a suspeita de fraude foi confirmada, descoberta e resolvida, posso voltar a Paris. Não faz mais sentido ficar por aqui. Cumpri meu objetivo. Preciso voltar e me posicionar como o CEO que agora sou.

Com um telefonema peço a senhorita Simon que providencie o jato para meu retorno a Paris para a manhã seguinte. Encerro o dia de trabalho e volto para o apartamento no hotel. Mas, antes de subir para o quarto, passo pelo bar.

Tem sido assim esses últimos dias. Em alguns tive a companhia do meu amigo e advogado, Oliver. Mas hoje estou sozinho. Ele pediu o dia para resolver uma questão pessoal. Dei-lhe a folga mais que merecida.

Oliver Durand é meu braço-direito. E, desde que se juntou a mim na empresa, tem desenvolvido um bom trabalho.

Depois de me sentir anestesiado pela bebida, subo para o quarto. Agora vou conseguir dormir. Amanhã volto a Paris e espero deixar toda essa tormenta para trás.

Acordo com o despertador, a cabeça latejando. Mas nada que um banho frio e duas aspirinas não resolvam. Já estou me acostumando a isso. Preciso quebrar esse ciclo antes que seja tarde.

O telefone apita o recebimento de uma mensagem. Pego para conferir, é Anelise Simon, minha secretária, confirmando meu voo para daqui a duas horas. Termino de me vestir, quando o desjejum é deixado na antessala. Sirvo-me apenas de um café forte e sem açúcar.

Mando uma mensagem ao meu motorista avisando que já estou descendo. Pego minha pasta e confiro o relógio mais uma vez. Terei tempo suficiente para chegar ao aeroporto.

Alguns minutos depois, entro no carro, o trajeto até o aeroporto é tranquilo, embora lento. O trânsito em São Paulo é sempre engarrafado. No aeroporto me despeço de Mário e agradeço seus serviços.

Dirijo-me ao embarque de voos particulares, não demora muito e tenho minha entrada liberada. Minha equipe de voo já me aguarda. Entro na aeronave e logo uma comissária me oferece algo para beber. Sinto o estômago se revirar, então aceito apenas uma garrafa de água. Meu fígado ainda não se recuperou da bebedeira de ontem.

Um tempo depois, o comandante anuncia que iremos decolar, afivelo o cinto e aguardo que a aeronave se desloque pela pista. Logo alçamos voo.

A cada metro que me afasto da terra, tento abandonar tudo que vivemos juntos. O amor não sobrevive quando é unilateral, ele precisa ser vivido pelas duas partes, eu não posso lutar sozinho. Então decido que esquecê-la é o melhor que eu posso fazer.

Meu telefone vibra no bolso. Retiro-o e vejo um número desconhecido no visor. Pondero se devo ou não atender. O aparelho continua vibrando em minha mão, até que aceito a ligação.

— Alô!

— Antoine, é você? — a voz da menina se ouve angustiada e ela parece chorar.

— Antonella? Sou eu. O que aconteceu? Onde você está?

— Antoine, minha mãe... Ela precisa de ajuda. Você pode vir me ajudar?

— O que aconteceu?

— Mamãe foi atropelada, ela está desmaiada.

Um frio percorre meu corpo.

— Fique calma, querida. Vocês estão sozinhas?

— Não, tem muita gente aqui, mas não conheço ninguém. Estou com medo, Antoine! — Ela chora.

— Antonella, preste atenção. Fique calma e me diga onde vocês estão.

— Estamos na rua, perto da praça.

— Você pode me passar o endereço?

— Eu não sei. É um lugar bonito, diferente, cheio de árvores.

O desespero ameaça me tomar, a garota não conhece o lugar em que elas estão. Começo a suar. Desafivelo o cinto, pois estava me apertando. Como vou ajudá-la?

— Antonella, pode passar o telefone para algum adulto aí perto de você?

— Sim. — Escuto-a conversando com alguém, até que uma voz feminina chega a mim.

— Alô!

— Oi, meu nome é Antoine. Sou o... — penso em dizer, mas o que sou para Helena? — ...Sou amigo delas. Você poderia me passar o endereço para que eu possa chegar aí?

— Sim. — Ela me passa o endereço, digito no GPS e fico chocado ao saber que estou a quase três horas de distância delas.

— Quero lhe pedir mais um favor — digo antes de desligar. — Cuide da menina até que eu esteja aí, por favor. Vou tentar chegar o mais rápido possível. Como está a mãe dela?

— Tudo bem, eu fico com a criança. O endereço que passei é da minha cafeteria, vou cuidar dela até você chegar. A mãe dela está sendo socorrida.

Sinto um frio percorrer meu corpo. Faço um clamor mentalmente para que nada grave aconteça a Helena. Eu não queria seu mal.

Encerro a ligação e faço outra.

— Senhorita Simon, bom dia! Preciso de um helicóptero- ambulância urgente. — Nem espero que ela me responda. — Envie para o endereço que vou lhe passar.

— Sim, senhor. Mas aconteceu algo com o senhor?

— Não, Anelise. É para ajudar uma amiga.

— Farei isso, senhor Fontaine.

— Obrigada, Anelise.

Encerro a ligação e vou até o piloto pedindo a ele que retorne o voo para o aeroporto mais próximo da cidade em que Helena está.

Se o tempo estiver bom, chegamos ao aeroporto mais próximo no máximo uma hora, de lá vou de helicóptero até Monte Verde. Apenas um hotel possui heliporto. Ainda terei uma boa caminhada até chegar ao local onde Antonella está.

Minha tensão aumenta a cada minuto. Quando o piloto anuncia que já iremos pousar, respiro com alívio.

Desço do jato e me desloco para o heliporto. Mais alguns minutos se passam. Quando chego, o piloto faz sinal para que eu caminhe para a aeronave, o que faço imediatamente. Entro e os fones me são entregues. Quando estamos prontos, ele levanta voo.

Aterrissamos no horário que eu havia previsto. Desço e, logo na entrada do hotel, um táxi já me aguarda. Faço uma nota mental de recompensar minha secretária por ter resolvido tudo em tempo recorde para mim. Alguns minutos e estou em frente à cafeteria em que Antonella está. Peço ao motorista que espere e desço do carro.

— Toine! — ela grita e corre até mim quando me vê.

— Oi, tudo bem. Agora eu estou aqui com você. — Ela me abraça apertado — E sua mãe? Onde está?

— Ela foi levada para este hospital. — Uma mulher me estende um papel com o endereço anotado.

— Ah, sim. — Pego-o de sua mão, sem soltar Antonella.

— Sou a Samanta, imagino que foi você quem conversou comigo há pouco, pelo telefone.

— Sim, sou Antoine. Obrigada por cuidar da menina. Te devo alguma coisa? Ela comeu algo?

— Não me deve nada. Ela tomou apenas um suco. Não quis comer nada. Apenas chorava preocupada com a mãe.

— Tudo bem! Obrigado. Agora eu posso cuidar dela.

— Toine, quero ir ver minha mãe.

— Sim, iremos nos encontrar com ela.

Viro-me novamente para a mulher:

— Mais uma vez obrigado.

Entramos no táxi e meia hora depois estamos parando em frente ao hospital. Antonella ficou calada todo o percurso. Eu não quis ficar enchendo-a com perguntas. Chegaria o momento em que eu teria todas as minhas questões respondidas.

De mãos dadas nós dois entramos no hospital para o qual Helena foi trazida. Caminhamos até a recepção e me informo sobre o acidente. Já faz mais de uma hora que Helena chegou aqui.

— Senhor, a paciente está no ambulatório, já foi iniciado seu socorro. Em breve irá para a enfermaria, aonde o médico deve levar o resultado dos exames em breve. Se quiser pode ir vê-la. Mas a menina não pode entrar.

— Obrigado.

Antonella me olha apreensiva, apertando minha mão em sinal claro de que não vai me deixar entrar sem ela. Preciso ir ver Helena, mas não posso deixar a menina aqui sozinha, ela já está abalada o suficiente para ser deixada na entrada do hospital.

Passo a mão livre no cabelo e volto a olhar a moça que acabou de conversar comigo.

— Conhece alguma lanchonete por aqui?

— Conheço sim, fica na próxima esquina.

— Obrigado.

Caminho com Antonella até lá e lhe ofereço um lanche, que ela aceita. Enquanto come, mando uma mensagem para a senhorita Campos, preciso do contato da amiga da Helena e provavelmente ela tem.

Não demora muito e tenho o número da Carla. Deixo Antonella à mesa e me afasto um pouco para fazer a ligação. Não quero que a menina ouça o que tenho a dizer.

Carla fica desesperada quando lhe conto do acidente com Helena e diz que fará o que for preciso para ajudar. Então eu lhe digo o que deve fazer. Como não quero largar Antonella sozinha, mas também não posso resolver nada tendo-a comigo, resolvo trazer a Carla para me ajudar. Peço minha secretária que frete um helicóptero para que Carla possa chegar mais rápido. Mesmo assim, a espera é longa.

Duas horas mais tarde, o táxi para em frente à lanchonete onde eu e Antonella estamos.

— Dinda! — Antonella corre ao encontro da sua madrinha logo que a vê.

Carla a recebe em um abraço.

— Como você está, minha princesa?

— Com saudades da mamãe. Eu quero vê-la. Onde ela está, ela morreu?

— Não, minha querida! Sua mãe não morreu. Ela ficará bem, você vai ver.

Observo as duas conversando. Agora que a menina está com alguém em quem confia, posso voltar ao hospital e tratar da transferência da Helena para São Paulo. Além de ter mais recursos, estará perto das pessoas que poderão cuidar dela.

Deixo as duas na lanchonete e volto ao hospital. Caminho apressado e passo pela portaria. Procuro pelo lugar em que a recepcionista me disse que Helena estava.

Caminho um pouco incerto sobre a direção, até encontrar uma enfermeira, que me conduz à enfermaria; com certeza Helena já deixou o ambulatório devido ao passar das horas.

Quando entro me deparo com ela deitada na maca, um acesso venoso preso ao braço direito. Sua pele está pálida, uma faixa circula sua cabeça, mas o semblante é calmo, parece dormir serenamente.

— É parente da paciente? — uma voz masculina me aborda.

Viro-me e encontro um médico com uma prancheta nas mãos.

— Sou amigo. Como ela está?

— Bom, não posso passar boletim dos pacientes para pessoas que não sejam da família. Sinto muito.

— Helena é sozinha, quer dizer, tem apenas uma filha. Uma menina de dez anos. Não tem pais nem irmãos. Eu posso lhe dizer que sou mais do que amigo.

Ele me olha desconfiado. Eu continuo.

— Gostaria de saber de suas reais condições porque pretendo transferi-la para um hospital em São Paulo.

— Não é fácil conseguir uma transferência de paciente de um estado para o outro pelo SUS.

— Desculpe, mas não pretendia usar o Sistema Único de Saúde. Já tenho um helicóptero nos aguardando próximo daqui. E basta você me dizer que ela pode ser transferida, que logo tenho uma ambulância para levá-la ao helicóptero.

Agora ele me olha espantado.

— Não posso deixar que saia com a paciente sem que o outro hospital garanta sua vaga. As coisas não funcionam assim, meu senhor.

— Já estou providenciando tudo com o outro hospital.

— Certo, preciso do contato do hospital para que eu possa garantir o atendimento da paciente e só então iniciar o processo de transferência.

Passo todas as informações que o doutor pede. Quando termino, ele me fala das condições da Helena. Ela sofreu um traumatismo craniano ao ser atingida na cabeça pelo veículo. Seu estado, embora seja crítico, está estável. Eles fizeram apenas um raio x, por falta de equipamentos melhores para exames mais detalhados. Concorda com a transferência, pois este hospital é pequeno e tem pouca estrutura.

Enquanto o doutor prepara a papelada para a transferência da Helena, ligo para a senhorita Campos pedindo que providencie uma ambulância de aluguel.

Alguns minutos se passam e Lucinda me retorna dizendo que conseguiu uma para o dia seguinte. Não posso esperar por tudo isso. E talvez Helena possa não resistir.

Mais uma vez vou atrás do médico e o convenço a ceder um transporte do próprio hospital até o heliporto onde o helicóptero-ambulância nos aguarda.

— Não posso fazer isso, meu senhor!

— Eu alugo sua ambulância. Consegui uma somente para amanhã. Não posso ficar aqui aguardando.

— Quanto está disposto a pagar?

— Diga seu preço. — Ele me olha e levanta o dedo para que eu aguarde.

Tira o telefone do gancho e faz uma ligação. Uns minutos conversando e consegue fechar o aluguel por alguns cifrões. Aceito por falta de opção. Pretendo resolver tudo isso e voltar ao meu plano inicial.

Depois que assino a papelada liberando sua transferência, Helena é colocada na ambulância. Carla já me aguarda junto com Antonella, dentro do táxi. Entro no carro e partimos atrás da ambulância.

O hospital já deixou tudo preparado para que a unidade de São Paulo a receba. Uma equipe a aguarda na capital paulista.

Chegamos ao heliporto. Carla e Antonella seguirão junto com Helena e um médico no helicóptero para São Paulo. Eu sigo para o aeroporto onde minha aeronave me aguarda para retornarmos o voo a Paris.

— Espero ter ajudado. Torço para que Helena fique bem.

— Você não vem conosco? — Carla indaga.

— Não. Preciso seguir viagem. Tenho reuniões agendadas e minha presença é necessária. A vida de um CEO não é nada fácil. — Tento sorrir, mas estou com o coração apertado.

Minha vontade é voar de volta para São Paulo e ver Helena se recuperando. Mas, quando me lembro do que ela fez, do seu recado me pedindo para me afastar, volto a endurecer.

— Antoine, não tenho palavras para lhee agradecer. Espero que Helena possa fazer isso pessoalmente.

Aceno com a cabeça.

— Toine! — Antonella pula em meus braços. — Vem com a gente, minha mãe vai gostar de lhe ver. Ela andava meio tristinha e sei que sentia saudades de você.

A menina fala em sua inocência, arrancando-me um sorriso. Quem dera as coisas fossem fáceis de se resolverem como as crianças pensam.

Aromas de Amor

— Eu não posso lindinha, mas quero que seja uma boa menina e ajude sua madrinha a cuidar da sua mãe. Posso contar com você?

— Claro! Vou cuidar direitinho da mamãe. Obrigada por ter vindo me ajudar.

— Fico feliz por ter ajudado! Agora sua mãe precisará muito de você.

— Eu vou ajudar. Prometo! — Abraço-a apertado e ela retribui.

— Agora preciso ir. Já estou muito atrasado. Tenham uma boa viagem.

— Você também. — Ela me solta e o enfermeiro a ajuda a entrar no helicóptero.

— Então tchau! — Carla se dirige a mim. — Mais uma vez, obrigada!

— Fiz o que era necessário, não precisa agradecer. Tenho um carinho grande por Helena.

— Sei que sim e espero que possam se ver em breve.

Nós nos despedimos e sigo para o aeroporto. Mais triste do que antes por saber que a estou deixando desta forma. Mas consciente de que não foi uma escolha minha. Meus planos com Helena eram outros. Mas ela jogou tudo no lixo quando armou contra mim.

O restante do voo é tranquilo. Quase não prego os olhos. Revivo cada momento em que estive junto da Helena. Como se a cada pensamento eu pudesse expurgar o sentimento que guardei por todos esses anos. Minha mente cria uma barreira em volta do meu coração. Para que ele seja blindado do sofrimento de nosso rompimento.

Estou pronto para voltar a minha antiga vida. Sem Helena. Eu sei o que me espera. Mas o que posso fazer? Amor não vive sozinho. É compartilhado. Precisa de dois para vivê-lo.

Meu pai sempre me ensinou que as desilusões são nossas melhores lições. Sempre nos reerguemos mais fortes, com um aprendizado a mais. E vejo que ele tinha razão. Não se pode ganhar sempre. E as perdas, no fundo, também são ganhos de experiência.

Com o atraso ao socorrer Antonella, acabo chegando a Paris de madrugada. O dia já está quase raiando quando me deito. Não conseguiria manter minha agenda, então antes de ir para a cama enviei uma mensagem a Anelise pedindo que adiasse meus compromissos.

Acordo desorientada. Olho ao redor e me assusto ao me dar conta de que estou em um hospital. Uma dor forte na cabeça me faz levar a mão a ela. Gemo com o incômodo. Observo a bolsa com um líquido transparente, ligada a mim por uma mangueira fina, que pinga incessante, dificultando meus movimentos.

Sinto um frio na barriga ao me lembrar de tudo que aconteceu. Antonella quase sendo atropelada, eu me colocando em seu lugar e o choque. Antonella...

— Meu Deus! — sussurro. — Onde está Antonella?

Então sinto a mão da minha amiga sobre a minha.

— Que bom que está acordando! — ela murmura. — Se sente bem?

— Sinto uma forte dor na cabeça — digo com dificuldade.

— É normal sentir dor aí. Foi uma pancada forte. Vou pedir que a enfermeira lhe dê sua medicação. Já está mesmo na hora.

Carla aperta o interruptor próximo à cabeceira da cama onde eu estava.

— Carla... — sussurro rouca —, preciso saber da Antonella.

— Fique calma, ela está bem.

— Há quanto tempo estou aqui?

— Pouco mais que uma semana. — Olho para ela em desespero.

Carla senta-se ao meu lado e conta tudo o que aconteceu enquanto eu estava desacordada por todos esses dias.

Fico surpresa com tudo que relata. De todas as pessoas que poderiam vir nos ajudar, em momento nenhum pensei em Antoine. Carla explicou tudo o que ele fez por Antonella e por mim.

Ao mesmo tempo que me senti protegida e cuidada, lamentei por ele não ter ficado. Sei que estava ressentido por eu ter lhe deixado sem maiores explicações. Eu não poderia lhe contar sobre as ameaças sem lhe revelar a paternidade da Antonella. Mesmo assim me senti abandonada.

No fundo ele fez o certo indo embora, eu queria que ele ficasse. Mesmo sabendo que nosso tempo juntos seria curto, eu estava disposta a vivê-lo. Mas, com as ameaças cada vez mais próximas, não poderia correr o risco. E, tendo o Antoine por perto, seria impossível resistir.

Fiquei desacordada por cinco dias, não tinha ideia da gravidade do atropelamento. Carla ficou comigo por todo esse tempo. Devido ao edema, fui colocada em coma induzido, para que o inchaço cedesse. Aos poucos a medicação foi sendo diminuída, e fui despertando.

Ainda me encontro internada. Novos exames estão sendo feitos. Sinto-me melancólica, choro a toda a hora, acredito que meus hormônios estão alterados. Carla disse que provavelmente se deve ao stress que vivi. O certo é que estou carente e precisando do Toine. E mais uma vez ele foi embora.

Para minha sorte, a medicação que estou usando me deixa sonolenta e durmo grande parte do dia. O que ajuda o tempo a passar mais rápido. Já que estou presa aqui, nesta cama de hospital, sem poder fazer quase nada. Hoje faz três dias que acordei do coma, o que quer dizer duas semanas aqui neste hospital e já estou louca para ir embora.

— Vejo que nossa Bela Adormecida já está desperta — Carla diz ao passar pela porta do quarto. — Como se sente hoje?

— Sinto uma vontade enorme de voltar para casa.

— Não seja ansiosa, logo você terá alta e poderá voltar. Sente alguma dor, hoje?

— Não.

— Isso é bom. Pela pancada que levou, deveria estar com muita dor. Deve ter uma cabeça dura, não!? — brinca comigo e dou de ombros. — Poderia ter sido pior. Você desmaiou por causa da colisão. Seus exames mostraram que não teve nenhum dano interno. E isso é ótimo! Ficará com esses hematomas por alguns dias, mas será somente isso.

— Por isso acho que já posso ir para casa. Não preciso mais ficar aqui.

— Claro que precisa, você esqueceu de seu diagnóstico? Eu conversei com o médico e pedi a ele que refizessem os exames. Para sabermos como você está. O resultado fica pronto amanhã. E, até termos certeza de que realmente está bem, não vão te liberar.

Demonstro meu desgosto.

— E Antonella? Está bem?

— Sim, queria vir lhe ver a todo custo. Demorei a convencê-la. Ela está ficando teimosa como você.

Sorrio imaginando a cena que Antonella deve ter feito.

— Ella está lhe dando trabalho?

— Não, minha afilhada é uma menina educada, só sente muito sua falta. Mas a entrada dela aqui não é permitida, isso não entra na cabeça da sua filha.

A porta é aberta e uma enfermeira entra. Ela arrasta um pouco a cortina do quarto e a luz natural do fim da tarde invade o cômodo espantando a penumbra.

— Vim lhe trazer sua medicação. Estou esperando o laudo do exame de sangue que colhemos mais cedo, volto mais tarde para lhe informar o resultado.

— Está bem — respondo desanimada.

Carla me estende uma garrafinha de água para que eu possa engolir os comprimidos.

A claridade me incomoda e vejo que já é dia. Não percebi que havia adormecido logo depois da medicação. Pisco algumas vezes para me acostumar à luz.

— Bom dia! — o médico que checa o acesso em minha mão diz.

— Bom dia! — respondo rouca.

Olho para o lado e vejo que a Carla ainda dorme na poltrona próximo a cama.

— Como se sente? — ele torna a falar.

— Sinto-me bem, com muito sono. Se toco no local em que fui atingida, dói. Mas somente quando encosto.

O médico me examina. Ele retira a agulha da minha mão e me sinto aliviada.

— Não preciso mais disso?

— Não! — Sorri.

— Que bom! Para que eu fique ainda mais feliz, basta me dizer que vou para casa.

— Então acho que sou portador de boas notícias!

— Sério? Quer dizer que vou ter alta?

Ele me olha curioso.

— Não gostou de sua estada aqui? Não cuidamos bem de você?

— Não é isso. É que sinto falta da minha filha, da minha casa. Vocês foram muito atenciosos comigo.

— Que bom que os motivos são esses. Já estava receoso de que não tivesse gostado da gente. — Sorri brincando.

— Bom dia! — Carla desperta do sono. — Como ela está, doutor?

— No geral está bem! Estou com seus exames aqui e acredito que temos muito a conversar.

— Sério? Ela teve uma piora? — Carla interrompe o doutor.

— Calma, Carla! Deixe o doutor falar!

— Rafael, pode me chamar de Rafael. — Ele sorri ao se apresentar.

Carla tem os olhos arregalados, temendo o que ele tem a dizer.

— Bom... — O médico se vira para mim. — Não prefere que conversemos em particular?

— Rafael, Carla é como uma irmã para mim. Não tenho segredos com ela. Pode falar. O que dizem meus exames?

— Tudo bem. — Ele pega sua prancheta. E procura por algo específico. — Aqui, em sua ficha, consta que você foi diagnosticada com cardiopatia isquêmica. É uma doença causada por obstrução nas artérias coronárias, vasos que levam sangue para o coração. Devido ao acúmulo de placas de colesterol que pode levar ao infarto do miocárdio ou até insuficiência cardíaca.

— Sim, isso eu já sei. Que meu coração está prestes a falhar. Mas o que preciso saber é: quanto tempo ainda me resta?

— Então, como ia dizendo — ele volta a falar —, sua história clínica somada aos exames físicos, o eletrocardiograma e a radiografia de tórax que fizemos, mostraram que você não tem nada. Está com a saúde em plena forma.

Eu e a Carla nos entreolhamos espantadas.

— Como assim, doutor? — pergunto não entendendo.

— Bom, primeiramente, não sei lhe explicar como chegou a este diagnóstico. O que posso lhe afirmar é que não encontrei nada de errado em seus exames. Se quiser, pode fazer mais um para que tenha certeza, embora eu ache desnecessário. A coronariografia é o exame padrão-ouro para esse diagnóstico; no entanto, é um exame invasivo e relativamente dispendioso. Não vejo necessidade, já que não encontrei nenhum fator de risco nos outros exames.

Carla e eu ouvimos atentamente tudo que o doutor Rafael explica. Estou surpresa e emocionada com o que ouço. Eu não estou doente. Nunca estive com os dias contados. Um misto de sentimentos toma conta de mim. Sem perceber, lágrimas rolam pelo meu rosto. Minha amiga me dá um abraço e eu retribuo.

Permanecemos assim por um tempo, nós duas choramos.

— Ah, Helena, eu sabia que havia algo de errado com aqueles exames. Você está bem, minha amiga!

— Devia ter lhe dado ouvidos e investigado isso antes.

— O que importa agora é que você não irá nos deixar. — Ela ri e chora ao mesmo tempo.

Lembro de que não estamos sozinhas. Recordo-me da presença de Rafael no quarto. Ele nos olha com um sorriso no rosto e percebo que também está emocionado. Carla se recompõe e voltamos a encarar o médico.

— Eu sabia que seria portador de boas notícias! — diz quando voltamos a atenção a ele. — Bom... Tenho mais uma coisa a lhe dizer. — Volta a ficar sério. — Descobri algo em um de seus exames. E preciso lhe dizer para que você possa se cuidar melhor a partir de agora.

— Ai, doutor, não me diga que Helena tem outra doença terminal. Assim é que meu coração vai sofrer um piripaque — Carla o interrompe.

— Não, sua amiga está bem de saúde, como já disse. Mas ela terá que se cuidar melhor agora, pois tem uma vida se formando em seu ventre.

Sinto suas palavras ecoando em minha mente. Instintivamente levo a mão à barriga. Não encontro nenhum volume nela. Um filho. Grávida. Eu estou grávida. Está acontecendo outra vez.

Um mês depois...

Escovo os cabelos, olhando meu reflexo no espelho. Mais uma vez a história se repete. Só que agora não posso repetir o mesmo erro. O problema é que não sei por onde começar a consertar as coisas.

Ainda estou sem entender o que aconteceu. Quando o Antoine decidiu ir embora, novamente sem se despedir, depois de eu ter fugido sem lhe dar uma explicação plausível, eu até entendo.

Mas o fato de ter me demitido, sem ao menos ter a dignidade de informar por que, denota muita infantilidade da parte do Antoine. Ele nem ao menos me deu a chance de esclarecer o motivo da minha fuga repentina. Mas o que eu queria? Que me esperasse até me decidir? Seria demais.

A felicidade precisa ser agarrada no instante em que chega. Ou passa e não sabemos se teremos a oportunidade novamente. E eu deixei que ela passasse.

Coloco a escova sobre a penteadeira e visto meu casaco. O frio lá fora está perto dos oito graus, este inverno será rigoroso. Confiro o relógio na parede, faltam quarenta minutos para a aula da Antonella se encerrar, está na hora de sair. Desde que quase vi Ella ser atropelada, eu a tenho buscado na escola.

Acho que estou um pouco neurótica, mas, depois de tantas ameaças, o acidente comigo, o incidente com a Dalva... Tudo me deixa com calafrios.

Mas voltando ao assunto da minha demissão...

Quando saí do hospital, fui até a Essential. Precisava retomar meu trabalho. Precisava preparar o produto novo para o lançamento.

Mas me surpreendi quando fui impedida pelos seguranças de entrar na empresa. Tentei conversar, entender o porquê de tudo aquilo. Foi então que o advogado da companhia veio me receber.

Conversamos nas poltronas da recepção. Tudo que eu fiz por esta empresa e não pude nem ao menos entrar para receber minha demissão dignamente.

Fui demitida pelo advogado, que me olhava friamente, como se eu houvesse cometido um crime. Senti-me mais uma vez humilhada. Experimentava os mesmos sentimentos de quando fui expulsa de casa.

Pelo menos minha mãe pensava ter um motivo plausível para isso. Mas que motivo essa empresa tinha para me descartar, sem nenhum direito?

Sim, fui obrigada a assinar os papéis abrindo mão de todos os direitos que eu tinha. Saí de lá sem nada. Tentei ligar para Lucinda e Rodrigues em busca de uma explicação. Não podia terminar tudo assim. Afinal, foram nove anos da minha vida dedicados à empresa. Mas não tive êxito, não consegui falar com nenhum deles.

Apenas uma coisa boa veio disso tudo. Tenho tempo livre. Assim posso levar e buscar minha filha à escola. Ainda ando aterrorizada com tudo. Por causa desse maluco perseguidor, a Dalva ainda se encontra internada.

Tranco a porta ao sair. O vento frio é cortante, reflete meu interior. Eu tenho que me fortalecer, pois preciso de coragem para enfrentar o que está por vir. Chego ao ponto de ônibus e logo ele chega. Entro e passo meu cartão na catraca. Está cheio e há apenas duas cadeiras vazias.

Uma apoia as sacolas de mercado de uma passageira que está de pé. A outra está ao lado de um homem um pouco acima do peso. Sobrando apenas meia cadeira, resolvo permanecer de pé.

Há alguns dias, Dalva despertou do coma. Por um milagre ela não ficou com sequelas neurológicas. Mas seus movimentos do lado esquerdo ficaram comprometidos. Ela tem enfrentado muitas sessões de fisioterapia para que possa recuperar pelo menos parte dos movimentos. E essa tem sido minha vida nas últimas semanas.

Após deixar Antonella na escola, vou para o hospital. Quando é hora, venho em casa, tomo um banho e vou buscar Ella na escola.

Essa rotina se repete todos os dias desde que Dalva acordou. Espero que logo ela receba alta e eu possa trazê-la para casa. Desde que voltei, Antonella e eu estamos ficando na casa da Dalva. Senti medo de ficar na minha casa depois de tudo o que aconteceu.

As investigações finalizaram dizendo que foi um roubo seguido de agressão. Embora eu saiba que quem fez tudo isso só queria me manter longe do Toine. E no fim conseguiu, pois ele está longe, e não é só fisicamente.

Desço do ônibus no ponto mais próximo da escola. Chego em frente ao portão no mesmo instante em que ele é aberto; as crianças saem como uma boiada estourada e vão se dispersando à medida que encontram seus responsáveis. Não demora muito e Antonella se destaca em meio à multidão de meninos e meninas. Aceno e ela vem em minha direção.

— Oi, filha, como foi seu dia? — pergunto, pegando sua mochila.

— Foi normal. — Sorrio de sua resposta.

Seus dias são sempre normais e eu nunca fico sabendo o que realmente se passa dentro da escola.

— Tem muita lição de casa?

— Não veio lição hoje, mãe! Esqueceu que entro de férias?

— Nossa, havia me esquecido! Por isso as crianças saíram alvoroçadas. As férias começaram!

— Sim! — Ella responde entusiasmada.

— Então vamos para casa e convidar sua madrinha para uma sessão de filme com pizza! Precisamos comemorar!

Os dias têm passado rápido desde que voltei do Brasil. Ainda bem que as atividades da empresa me deixam ocupado. Tenho pouco tempo para pensar em tudo que me aconteceu. Mas é inegável o vazio dentro de mim.

Não sei nomear o que sinto neste momento. Traído não é um adjetivo acertado. Decepcionado nem chega perto. Helena conseguiu tirar de mim o pouco de credibilidade que eu tinha nas pessoas.

Ainda venho assimilando tudo que me aconteceu nos dois últimos meses. Ela chegou, trouxe a paz de volta ao meu coração. Me fez acreditar que era possível reconstruir o que vivemos no passado. E de uma hora para outra fui arremessado neste *looping* infernal.

Eu poderia esperar um golpe desses de qualquer pessoa. Mas, vindo de Helena, teve um peso muito maior. Estou arrasado. Se o propósito dela era me enlouquecer, está tendo êxito.

E, para não pirar de vez, mergulho no trabalho. Quando chego em casa, estou tão esgotado que praticamente desmaio. E, na manhã seguinte, tudo recomeça. Poucos dias depois que voltei à França, o *papa* viajou. O que me deixou aliviado, pois exigiria explicações que não estava disposto a dar.

Ele é o único que me conhece a ponto de perceber o tornado que me devasta internamente. Aos demais tenho mostrado apenas o que me convém. Aprendi ao decorrer dos anos a guardar as emoções. Como líder, não posso demonstrar minhas fraquezas e isso tem sido útil nas últimas semanas.

Chego cedo à empresa, começo meu dia de trabalho mergulhado em papéis. Desde que voltei, os investidores se acalmaram, as ações voltaram a subir, e Badeaux tem me deixado em paz. O que é um alívio.

Não o aguentaria em cima de mim como se eu fosse um aprendiz de sênior. Porque muitas vezes me colocou nesta posição. No início eu não ligava, mas com o tempo foi ficando cansativo. Ele tenta me manipular para fazer suas vontades. Pensa que não percebo suas intenções. Mas está muito enganado.

Tenho percebido ainda mais agora que assumi a presidência suas intenções de me comandar. Mas se decepcionará, pois não estou disposto a deixar que isso aconteça.

Ouço uma batida à porta.

— Entre!

— Bom dia, senhor Fontaine! — Anelise entra em minha sala com seu tablet nas mãos.

— Bom dia, senhorita Simon!

— Eu lhe enviei sua agenda em seu email. Seu dia hoje está cheio. Quer fazer alguma alteração, ou está tudo bem? — Levanto a sobrancelha para ela.

— Ainda não chequei minha agenda, mas se o dia está cheio, está perfeito, Anelise. Se houver algum problema eu lhe comunico. Obrigado.

— Tudo bem. Se precisar estarei em minha mesa. — Ela sai fechando a porta atrás de si.

Abro meu e-mail para checar a agenda de hoje. Reunião com fornecedores, reunião dos acionistas, palestra para aprovação de projeto de marketing, avaliação do orçamento de investimentos do mês. Perfeito!

Estarei ocupado o bastante para conseguir passar por mais um dia. Assim o dia segue.

Na hora do almoço recebo a visita de Juliet. Anelise me interfonou avisando que ela estava ali e desejava entrar para me ver. Assim que libero sua entrada, vejo-a passar pela porta e caminhar em minha direção.

— Oi! Como você está? — ela pergunta e me levanto para abraçá-la.

Sinto-me enorme diante dela. Pressiono sua cabeça contra meu peito.

Juliet é uma mulher de traços delicados, parece uma boneca. E sua altura a deixa ainda mais delicada.

— Estou bem! Desde que voltei quase não tenho tempo, mas estou sobrevivendo.

— Sei como é. Sua aparência é mesmo de cansado. — Sorrio. — Tem se alimentado direito?

— Não acredito que veio até aqui para me fazer essa pergunta. — Ergo a sobrancelha.

Ela sorri me analisando.

— Toine, sempre fugindo de demonstrar o que realmente o atormenta aqui. — Passa a mão em meu peito, acima do coração.

— Não tem nada me atormentando. Estou realmente com muito trabalho.

— Você pode pensar que me engana, mas eu te conheço, meu amigo. Se precisar desabafar, lembre-se de que estou aqui. Como nos velhos tempos.

Pego as mãos de minha amiga-irmã e levo aos lábios. Juliet sempre teve o dom de alegrar meus dias. Mesmo nos mais tempestuosos, ela consegue trazer uma leveza que deixa tudo mais tranquilo e fácil de superar.

— Eu sei, *ma petit*. Sei que posso contar com você. Como sempre pude. Mas não sei se ainda estou pronto para colocar tudo que me aborrece para fora. Preciso digerir tudo primeiro.

— Sei que você não gosta de ser pressionado, mas dividir aquilo que nos sufoca pode ajudar a clarear as ideias. Estarei aqui para te ouvir quando se sentir pronto. — Beijo sua testa.

— Mas o que realmente a trouxe aqui?

— Estava na sala de reuniões preparando o material para a palestra de marketing. Então resolvi passar e convidá-lo para almoçarmos. O que acha?

— Acho ótimo! Há muito não tenho um almoço decente!

— Eu sabia! Você é mesmo previsível Toine!

Gargalhamos juntos.

Saímos para almoçar em um bistrô próximo da sede da Fontaine. Como já era esperado, Juliet me faz esquecer de todo o tormento interno. Sua presença traz alento. Após o almoço, vamos juntos para a palestra onde ela apresenta todo o projeto de marketing para o mês seguinte.

Juliet explica como pretende trabalhar a divulgação da nova linha de perfumes. Como sempre, seu trabalho é impecável e muito bem elaborado, obtendo unanimidade na aprovação.

Saio feliz por ver minha amiga tão segura discursando sobre seus projetos. Me enchi de orgulho. Tenho um carinho enorme por ela. E sei que meu sentimento é recíproco.

Minha tarde segue conforme agendado.

Em minha sala, já finalizando a análise do orçamento, meu telefone toca sobre a mesa. Pego-o e vejo que é o Durand.

— Boa tarde, Oliver! Como vai?

— Bom dia, Antoine. Aqui ainda é manhã. Cheguei há pouco à empresa.

— Sempre me esqueço dessa diferença de fuso. Algum problema?

— Nenhum problema, mas tenho boas notícias.

— Isso é bom! Estou mesmo precisando de boas notícias!

— Conseguimos, em primeira instância, impedir que a empresa lançasse o nosso produto. Apesar de terem recorrido alegando que pagaram por ele.

— Isto é bom! Mas eles têm chance de ganhar?

— Chances sempre têm, pois depende de como o juiz vai interpretar o caso. Mas como já ganhamos na primeira instância, bem provável que a vitória seja nossa.

— Muito bem! Vamos aguardar que a justiça seja feita!

— E ela será, meu amigo! Trabalharei duro para que isso ocorra.

— Obrigado, Oliver!

— Não precisa me agradecer por estar cumprindo com meu trabalho. — Ele faz um silêncio e volta a falar. — Só mais uma coisa, Antoine... Sei que você não queria mais mexer neste assunto, mas preciso lhe pedir autorização para checar algumas dúvidas que andei tendo com relação ao caso do desvio.

— Dúvidas? — questiono esperançoso de que ele me fale que Helena é inocente.

— Sim. Como estou aqui, pedi ao escritório financeiro que enviasse diretamente para mim os relatórios dos laboratórios. Anteriormente eles vinham do escritório central, da matriz.

— Sim, mas o que tem isso?

— É que notei algumas diferenças nos relatórios, queria investigar desde quando elas vêm ocorrendo. Porque, se minhas suspeitas se confirmarem, tem gente aí em Paris envolvido no esquema.

— Como isso pode ser possível?

— É isso que quero descobrir!

— Tem autorização para investigar o que for preciso.

— Certo! Assim que tiver alguma novidade, eu ligo.

— Oliver...

— Diga!

— Faça o que for preciso, mas seja discreto e não comente com ninguém. Pode haver mais pessoas envolvidas do que imaginamos. Evite usar o correio interno. Vamos nos comunicar por nosso e-mail pessoal.

— Faremos isso. Até breve!

Encerramos a ligação e começo a pensar com quem Helena estaria envolvida para me prejudicar. Tudo parece tão surreal. Não consigo pensar em ninguém que tenha acesso às informações para ajudá-la.

O melhor é deixar Oliver trabalhar e ver onde tudo isso vai chegar. Espero que ele não demore, pois tenho a sensação de estar no meio de um covil.

CAPÍTULO 5

A sexta amanhece chuvosa, o que é raro para essa época. A chuva veio para trazer ainda mais frio para a estação. Antonella e eu ainda estamos debaixo das cobertas, com preguiça de levantar, minha filha ainda dorme. Fico pensando como serão essas férias. Ella sempre ficou com a Dalva enquanto eu trabalhava, agora não a temos nem meu emprego.

Pensar no meu trabalho me faz lembrar do Toine. Como será que ele está? Faz um mês que voltou para a França. Tenho vontade de ligar e lhe contar tudo, mas não posso fazer isso pelo telefone.

Andei pesquisando valores de voos para Paris. Pensei em aproveitar as férias de Antonella, viajar com ela e contar tudo ao Antoine. Ambos merecem saber a verdade.

Apenas um detalhe me impede de ir. Não posso deixar a Dalva sozinha naquele hospital. Ela está muito debilitada. Não posso simplesmente deixá-la quando mais precisa de ajuda. Ainda mais depois de tudo que fez por mim.

Aconchego minha filha ainda mais no cobertor. Esta manhã parece estar ainda mais fria. Meu telefone toca na mesinha ao lado da cama, estendo o braço para alcançá-lo e vejo que é um número desconhecido.

— Alô.

— Senhorita Helena?

— Sim, sou eu.

— Aqui é do hospital. Seu contato está salvo como responsável pela paciente Dalva Muniz.

Um frio percorre meu corpo. Eu me sento na cama para ouvir melhor o que ela tem a me dizer. Será que a dona Dalva piorou? Meu Deus, não quero nem imaginar uma coisa dessas.

— Sim, pode me dizer. O que aconteceu? Ela está bem?

— Sim, está bem. Estamos ligando porque ela acabou de receber alta.

— Mas como assim? Ela ainda necessita de cuidados médicos.

— Infelizmente não podemos mantê-la aqui por mais tempo. Necessitamos da vaga e ela pode continuar se recuperando em casa.

Meu Deus, este país vai de mal a pior. Onde já se viu mandar uma paciente nas condições da Dalva para terminar o tratamento em casa?

— Não há nada que eu possa fazer para mantê-la aí por mais tempo?

— No SUS, infelizmente não. A não ser que você queira transferi-la para um quarto particular.

Como posso fazer isso se estou desempregada? Tenho gastado das economias que guardei todos esses anos. Talvez o melhor seja eu cuidar dela aqui mesmo.

— Tudo bem! Quando ela estará liberada?

— Bem, o doutor acabou de assinar sua alta. Basta que você venha buscá-la.

— Está certo daqui a pouco chego aí.

Encerro a ligação indignada com esta situação. Ainda com o telefone em mãos, ligo para minha amiga, que atende no segundo toque.

— Bom dia, Lena. Já estava pronta para descer e jogar conversa fora enquanto mimo minha afilhada.

— Bom dia, que bom que já está vindo! Pois ia te pedir isso. Mas infelizmente a parte de jogar conversa fora terá que ficar para depois. Acredita que ligaram do hospital pedindo que eu busque a Dalva?

— Como assim, Lena?

— Pois é! Foi o que perguntei para a moça que ligou. Você acredita que ela me disse que precisam da vaga e que a Dalva pode terminar o tratamento em casa?

— Isso é o resultado de tanta roubalheira, não sobra para investir em novas unidades e as que existem não suportam tantos enfermos.

— É bem isso. Preciso que você cuide da Antonella para que eu possa ir.

— Claro, chego em poucos minutos.

— Tá bom! Beijo!

— Beijo!

Coloco o telefone de volta na mesinha, vou ao banheiro fazer minha higiene e me trocar. Termino ao mesmo tempo que Carla toca a campainha. Vou até a porta e a recebo.

— Entre, Antonella ainda dorme.

— A pobrezinha se cansou ao maratonarmos os filmes da Barbie.

— Sim, não está acostumada a dormir tarde. Vou chamar um carro de aluguel. Enquanto isso vamos à cozinha passar um café.

— É para já. Sabe que não consigo recusar um café.

— Sei, sim. Você parece uma passa-fome — brinco.

— O que posso fazer se estou em fase de crescimento?

— Crescimento agora, amiga, só para os lados. — Rimos juntas.

Não demora muito e meu telefone apita com a chegada do carro. Deixo Carla com Antonella e vou ao hospital. Peço ao motorista que nos aguarde. Resolvo a parte burocrática e vou falar com o médico. Ele me passa as receitas, recomendações e muitas sessões de fisioterapia. Então me olha com pesar, pois sabe a batalha que iremos enfrentar de agora em diante.

— Olha, tenho esse fisioterapeuta para lhe indicar. — Me passa um cartão com o nome e um número anotado. — Diga-lhe que fui eu quem o indicou, que a Dalva é minha paciente. Ele a atenderá a um custo bem menor.

— Obrigada, doutor.

— Espero que dê tudo certo. — Ele estende a mão para me cumprimentar.

Retribuo o gesto e guardo tudo que me entregou na bolsa, indo até o quarto onde a Dalva se encontra. Ao entrar a vejo em uma cadeira de rodas e seu leito vazio pronto para receber o próximo paciente.

— Oi! — digo quando ela me vê.

— Bom dia, minha filha — fala com certa dificuldade.

— Está pronta para ir para casa?

Ela sorri levemente, pois parte de seu rosto está com paralisia. Eu a levo para fora do hospital, encontrando o carro de aluguel que me aguarda. O motorista me ajuda a colocá-la no carro e um enfermeiro leva a cadeira de rodas.

Então um desespero me bate. Como vou fazer para levá-la ao interior da casa? Vou precisar de uma cadeira de rodas para ela usar do lado de dentro, pois há muitas escadas e nada adaptado para uma cadeirante. Precisarei fazer mudanças urgentemente.

Seguimos a viagem até em casa. E somente quando desço do carro é que percebo a movimentação em sua frente. Suas amigas de crochê, nossos vizinhos, Cadu, Carla e Antonella.

Luzia, a mãe da Carla, empurra uma cadeira de rodas até a porta do carro do lado onde a Dalva está. Cadu abre a porta e com a ajuda do motorista coloca-a na cadeira.

Fico parada admirando a cena a minha frente. E um ditado que sempre ouvi faz todo sentido agora: "A gente sempre colhe o que planta". Dalva sempre foi solidária, ajudava a quem necessitasse, agora está colhendo seus frutos.

Todos estavam ali para ajudá-la. Vejo o quanto ela está emocionada ao reencontrar todos seus amigos. Com cuidado, Cadu e mais dois homens sobem a escada frontal e colocam a Dalva dentro da sala. Quando entro, minha surpresa continua. A sala já foi modificada. Alguns móveis tirados com intuito de abrir espaço para a cadeira se locomover entre os cômodos.

Carla, Luísa e Antonella cercam Dalva. Posso ver o quanto ela está feliz por estar de volta a casa. E acredito que pode até ser melhor mesmo para sua recuperação. Se recuperar aqui, cercada de pessoas que a amam.

— Vou continuar arrumando o quarto — Cadu fala passando por mim.

— Arrumar o quarto?

— Sim. Decidimos que será mais fácil que ela fique apenas no andar de baixo. Isso facilitará seu cuidado.

— E onde vocês arrumaram o quarto? — indago curiosa.

— Bom, Carla sugeriu que trouxéssemos a cama dela para o quarto de costuras.

— E em que momento vocês decidiram tudo isso?

— Bom, faz mais ou menos uma hora que a Carla me ligou. E bastou que a notícia se espalhasse, mais ajuda foi chegando.

— E a cadeira de rodas? Como conseguiram?

— Bom, quem a conseguiu emprestado com o Lions Clube foi o Zezinho da mercearia. Elas chegaram há poucos minutos.

— Elas?

— Sim, tem uma própria para a higiene. Carla a deixou no banheiro.

Sorrio emocionada. Isso é o verdadeiro sentido de solidariedade. Cada um ajudou como pôde.

— Vou terminar de montar a cama.

— Tudo bem. Vou ver se a Dalva precisa de algo. Nos falamos depois.

Cadu caminha corredor adentro, rumo ao quarto provisório da Dalva. Eu estava preocupada em como faria tudo isso, agora não sei como agradecer tamanha generosidade.

CAPÍTULO 6

Alguns dias depois...

A sala de reuniões está cheia. Minha enxaqueca já dá sinais de que virá forte. Passo o polegar discretamente na têmpora, na tentativa de amenizar a dor, em vão.

— Eu acho que a aquisição daquela empresa brasileira foi um tiro no pé. Até o momento não trouxe lucro, pelo contrário, os relatórios mostram a fragilidade do mercado daquele país. O que causa a instabilidade nos planos de ações. Sugiro que seja aberta a votação para a venda da Essential Commerce antes que nosso prejuízo se multiplique — Simon Badeaux, meu diretor financeiro, solta essa bomba em minhas mãos. — Sem falar nas fraudes que foram confirmadas.

Ele sabe o quanto a compra da Essential foi importante para mim. Não sei por que tenta a todo custo colocar os acionistas contra a aquisição da empresa. Às vezes penso que tem prazer em me irritar. Não sei qual o problema do Badeaux.

O burburinho começa e os pontos de vista são compartilhados entre os acionistas presentes. A sala está cheia e deve ter por volta de vinte e três dos trinta principais acionistas do grupo. Fico analisando as pessoas a minha frente. Badeaux ainda permanece de pé próximo à tela onde projetava o slide com sua objeção à Essential.

Embora eu discorde, sei bem o resultado desta votação. Mas o que todos aqui, inclusive o Badeaux, não sabem, é que estou um ou mais passos à frente deles. Desde que o Durand levantou alguns pontos sobre as fraudes, decidi tomar certas medidas. E, como havíamos previsto, meu diretor financeiro usaria este problema que tivemos para denegrir a imagem da Essential.

Observo calado cada um dos presentes analisar a proposta de venda que Badeaux sugeriu. Ninguém aqui está para brincadeira, todos querem lucros e, diante da convincente apresentação do meu diretor financeiro, não tenho dúvidas de que será exigida a venda da Essential.

— O que me dizem? Os números são claros! A matemática não nos deixa dúvidas — Badeaux se dirige aos acionistas.

— Eu concordo. Esta empresa não está nos padrões da Fontaine.

— Acho que ela até poderia dar lucro, mas levaria mais tempo do que outras empresas que podemos adquirir.

Um a um vão falando, os que ainda estavam indecisos são convencidos pela maioria. No fim, o resultado que já esperava.

— Então, por unanimidade, optamos pela venda da Essential Commerce — Badeaux finaliza a votação se virando para mim.

Até este momento fiquei calado, aguardando que todos se manifestassem e dessem suas opiniões. Sempre levei em conta e respeitei o desejo da maioria. Embora possua mais de oitenta por cento das ações, e um único voto meu decida tudo, nunca usufruí desse poder. Até agora.

Legalmente, posso tomar qualquer decisão sem consultar os demais acionistas. Mas, como nunca o fiz, Badeaux usou dessa estratégia para me convencer a vender a empresa brasileira. Sabendo do meu apreço por ela, ele não mediu esforços.

— Qual sua opinião, senhor Fontaine? — Badeaux se dirige a mim.

Respiro fundo antes de colocar às claras não somente minha opinião, mas também minha decisão.

— Bom, concordo em partes com o que foi dito aqui. Embora eu saiba que a Essential tem potencial para crescer e se tornar ainda maior, entendo que a empresa precisa passar por algumas adaptações e alterações no quadro de pessoal. — Faço uma pausa, encarando um por um. Terminando em Badeaux. — Eu não concordo com a venda.

Uma nova pausa. O burburinho começa. Dou um tempo para que todos se acalmem e ouço Badeaux resmungar algo a meu respeito como irresponsável. Então recomeço.

— Mesmo não concordando com a venda, a Essential foi negociada há uma semana. O novo dono deve estar tomando posse em breve.

Um novo burburinho recomeça. Encaro Badeaux, que me olha curioso, não acreditando no que acabou de ouvir. Mas percebo seu sorriso disfarçado.

— Como assim, já foi vendida? — Ele me escrutina.

— Oras, Badeaux, você sabe tão bem quanto eu o que era preciso. Estou aqui para cuidar do interesse da Fontaine. E tomo as decisões baseado no que é melhor para a empresa.

— Mas como não fiquei sabendo disso?

— Você receberá a papelada da venda ainda esta semana. A venda foi acordada apenas verbalmente até o momento. Você, como meu diretor financeiro, deverá conferir todo o contrato para que a Fontaine não tenha mais prejuízo.

Badeaux me olha com curiosidade.

— Eu pensei que aquela empresa fosse a menina dos seus olhos.

— Badeaux, jamais colocaria meu interesse pessoal à frente do bem comum da Fontaine.

Ele concorda com a cabeça.

— Se chegamos ao consenso por aqui, acho que podemos encerrar.

— Claro! — Badeaux concorda.

A assembleia é finalizada, espero todos saírem, até ficar apenas eu e Badeaux.

— Não imaginava que faria isso tão facilmente — ele diz se aproximando de mim.

— Não sei por qual motivo. Quando comprei a Essential, foi pensando no lucro. E, quando percebi que não seria tão rentável quanto esperava, tomei minha decisão.

— Estou surpreso, mas contente por ter se atentado ao que disse desde que resolveu adquirir a empresa.

— Demorei um pouco, mas compreendi que não teria o retorno desejado. Assim tomei minha decisão.

Ele coloca a mão em meu ombro.

— Fez bem. Você tomou a decisão certa.

Acena com a cabeça e sai da sala, deixando-me sozinho.

Retiro o celular do bolso e mando uma mensagem ao Durand.

"Tudo resolvido por aqui.
Pode dar andamento ao projeto."

Não demora muito e obtenho a resposta:

"Certo. Farei isso!"

Saio da sala de conferências e caminho para a minha.

Desde que Oliver Durand descobriu que há mais pessoas envolvidas no desvio de dinheiro da Essential, decidimos traçar um plano de ação. Eu não poderia deixar quem quer que seja me fazer de bobo.

Estamos investigando e em breve saberei o nome do traidor por trás de toda a armação. O que me deixa preocupado é que ele pode estar mais próximo do que eu pensava. Imagino que Helena foi apenas uma ferramenta em suas mãos para me atingir.

Não sei se consigo superar a sua traição. Eu a amo. Mas está difícil perdoar. Sei que sua situação econômica pode ter contribuído para sua decisão. Mas não justifica.

A cada dia que passa tento entender. A dor de sua ausência me sufoca. A dor sempre esteve aqui, mesmo antes de reencontrá-la. Mas agora, depois de experimentar o que é tê-la em minha vida, está sufocante.

Encosto-me na parede e pela vidraça vejo abaixo a cidade em movimento. Já passa das três da tarde. Pensar na Helena me deixa nostálgico, tenho vontade de pegar o celular e ligar.

Será que ela está bem? O desejo de ouvir sua voz já me fez pegar o telefone e procurar por seu número. Mas meu orgulho não permite que eu complete a ligação. Volto para minha mesa e destranco a gaveta. Abro-a e retiro o frasco de lá.

Depois da noite em que nos reencontramos, voltei a fazer seu perfume. A Essência. Um aroma que ainda continua com seu nome provisório. Mas que me leva ao momento mais feliz da minha vida. Abro o frasco e sinto a fragrância se espalhar pelo ambiente, tornando sua presença em minha memória ainda mais viva.

O telefone toca, e acabo derramando um pouco do líquido sobre a mesa com o susto.

— Droga! — Retiro o fone do gancho. — Pronto — atendo.

— Senhor Fontaine a senhorita Badeaux está aqui e deseja vê-lo.

Ève Badeaux... Sempre no time errado. Estou sem vontade e humor para recebê-la. Respiro fundo sabendo que não tenho justificativa para recusar sua visita.

— Me dê alguns minutos e a deixe entrar.

— Sim, senhor.

Desligo o telefone e vou ao banheiro pegar uma toalha para secar o líquido derramado em minha mesa. Faço a limpeza, lavo as mãos, mas é inútil. O cheiro de Helena permanece ali.

Volto a minha mesa. Guardo o frasco e torno a trancar a gaveta. Retirando o fone do gancho, ligo para minha secretária.

— Senhorita Simon, pode deixá-la entrar.

— Sim, senhor!

Não demora e Ève passa pela porta.

— *Mon coeur!* Como você está? Vim ver o *papa* e passei para lhe dar um abraço.

— Estou bem, *ma chéri*. Não precisava se dar ao trabalho.

— Não é trabalho nenhum, sabe o quanto me preocupo com você. *Papa* me disse que o achou abatido hoje, que anda trabalhando demais — ela diz enquanto se aproxima de mim.

— É impressão dele. Estou bem. Trabalhando muito, mas amo o que faço, então me sinto bem.

— Posso lhe fazer uma massagem para relaxar um pouco. Você sempre gostou. — Dá a volta na mesa e se posiciona atrás da minha cadeira.

Não quero que volte a ter esperanças de que possamos ser um casal. Mas não consigo detê-la. E quando suas mãos delicadas tocam meu corpo, sinto-o ainda mais tenso. Respiro fundo procurando relaxar e deixar que ela alcance seu objetivo.

Mas o perfume que inalo me leva a outro lugar. Imagino que as mãos a me tocar são de Helena. Fecho os olhos e me permito viajar.

— Isso, *mon coeur*. Feche os olhos, procure pensar em algo que o relaxe. Foque apenas na pressão que estou fazendo.

Faço o que ela me pede. E por um instante deixo que os pensamentos me levem para um lugar sem problemas e preocupações. Ela retira meu blazer, afrouxa minha gravata. Com suas mãos, suavemente, vai apertando cada músculo tensionado na região do meu pescoço e ombros.

Sinto os músculos relaxando à medida que suas mãos trabalham. O perfume exalando da minha mesa faz meu pensamento viajar no tempo.

— Venha, Helena. Quero que veja isso.

— O que você andou aprontando?

— Eu, aprontando? Não. Fiz uma coisa para não esquecer de você.

— Como assim? — Helena me olha curiosa.

— Acho que consegui colocar o cheiro de seus cabelos em um sabonete.

— Em um sabonete? — Sorri descontraída.

— Sim, venha ver! — Ela me olha incrédula.

— Por que o cheiro dos meus cabelos?

— Porque o cheiro deles me deixa alucinado.

— Ai, Toine, você é hilário. Onde já se viu um sabonete com o cheiro dos meus cabelos?

— Isso é perfeito! Sentirei o cheiro deles toda vez que me lavar.

Apresento-lhe minha criação. Ela sorri ao sentir a fragrância e concordar comigo.

Aromas de Amor

— *Como você chegou a este aroma?* — pergunta *curiosa enquanto caminha até a pia para usar o sabonete.*

— *Foram muitos testes e experimentos até chegar a este resultado.*

— *Ficou muito parecido. Você é um gênio da química.*

— Vejo que está conseguindo relaxar — a voz de Ève me traz de volta à realidade. — Sabia que minha massagem surtiria efeito.

Embora ela saiba as técnicas para tocar no lugar certo, o que realmente me relaxou foi pensar em Helena. E, quando percebo que ela tem esse poder sobre mim, volto a ficar tenso. Helena fez sua escolha. Eu preciso entender que acabou.

— *Ma cher.* — Retiro suas mãos dos meus ombros. — Obrigado por me aliviar deste stress. Suas mãos fazem mágica.

— Disponha, *mon coeur*! Estou sempre a sua disposição, sabe disso. — Sorrio em concordância.

Nisso ela tem razão. Ève está sempre pronta aos meus desígnios.

— Sei disso, querida. E lhe agradeço por sua cordialidade.

— Você sabe que não é sobre cordialidade que tratamos aqui, não é? — Ela me abraça por trás, encaixando o queixo na volta do meu ombro.

— Ève... — falo em tom de alerta.

— Não se preocupe, *mon coeur*. Já entendi que você não quer compromisso por agora. Eu sei esperar e vou aguardar por você o tempo que for preciso.

Fico sem saber o que dizer. Ève é uma boa pessoa. Sei o tanto que ela deseja estar comigo. Não precisa expertise para ver isso.

— Sua sala está com um cheiro diferente. Me parece familiar, mas ao mesmo tempo não sei o que é.

O telefone toca, me salvando desse embaraço. Retiro o fone do gancho e ouço Anelise.

— Senhor Fontaine, uma ligação internacional para você, posso passar?

— Anelise, me dê um minuto e transfira a ligação.

— Sim, senhor!

Retiro novamente as mãos de Ève de mim.

— Querida, é uma ligação importante. Não posso deixar de atender.

— Claro, *mon coeur*! Como lhe disse, passei rapidamente apenas para vê-lo um pouco. Já estou de saída. — Aproxima-se e me beija nos lábios.

Acompanho com os olhos Ève deixando minha sala. Ela sai com um sorriso vitorioso no rosto. O telefone volta a tocar. Atendo no mesmo instante.

— Fontaine, trago novidades.

Alguns dias depois...

O tempo tem passado rápido e a cada dia nos adaptamos melhor à nossa nova rotina. Não está sendo fácil, mas a alegria que sinto podendo cuidar da Dalva é uma forma de retribuir tudo que ela já fez por mim.

— Mãe! — Antonella entra na cozinha, onde estou terminando de fazer um bolo.

— Oi, filha, estou aqui. — Coloco o bolo no forno.

— Vovó Dalva quer assistir a um pouco de televisão, mas não estou conseguindo encontrar o canal que ela está pedindo.

Confiro o relógio e vejo que está na hora do curso de crochê. Dalva ama esse programa.

— Pode deixar, que vou lá colocar para ela. — Abraço minha menina e caminhamos juntas até o quarto onde a Dalva está.

Ligo a televisão e procuro pelo canal de artesanato. Ajeito os travesseiros atrás dela para que fique mais inclinada e confortável.

— Mamãe, posso jogar um pouco no seu celular?

— Pode, sim, minha princesa.

Antonella se ajeita ao pé da cama e eu me assento na poltrona ao lado.

O programa já está acabando quando percebo que minha filha pegou no sono.

— Ela está muito pesada, não precisa tirá-la daqui. Apenas ajeite seu corpo para que não acorde com dor — Dalva fala ao perceber que iria levar Antonella para sua cama.

— Mas assim você ficará espremida.

— Estou bem. Na verdade, queria sair um pouco desta cama. E o cheiro vindo da cozinha está me convidando a ir até lá.

— Meu Deus! O bolo. Quase me esqueci, onde estava com a cabeça?

Corro até o forno e retiro o bolo de lá. Está pronto. Por pouco não queimou. Coloco sobre a bancada para esfriar e volto ao quarto.

— Deu para salvar? — Dalva me olha curiosa.

— Sim. Retirei do forno na hora certa, mais um pouco e meu trabalho estaria todo perdido. — Ela sorri de lado, um sorriso que demonstra sua nova condição.

Toda vez que relembro a cena de encontrá-la caída em frente a minha antiga casa, sinto um arrepio. Desde que voltei de Monte Verde, não consegui ficar na casa dos fundos. Carla me ajudou a arrumar a bagunça que os criminosos deixaram e desde então fiquei na casa da Dalva.

Aqui no sobrado me sinto mais segura. E consigo ajudar melhor nos cuidados dela. Minha amiga já está conseguindo fazer muitas coisas sozinha, mas ainda assim requer cuidados. Um lado de seu corpo perdeu parte da mobilidade. É difícil se locomover, realizar tarefas, como um simples banho, sem ajuda.

— Venha, vou ajudá-la a chegar à cozinha. E preparar um café para tomarmos com o bolo.

— Vou adorar sair um pouco deste quarto.

Apoio um de seus braços em meu ombro e a puxo pela cintura, colocando-a de pé. Caminhamos no seu tempo. Passo por passo. O que já é uma grande vitória, graças à fisioterapia.

Minhas economias têm se esvaído. Não estou trabalhando, e a aposentadoria da Dalva mal cobre os gastos com sua medicação e médicos.

Perdemos nosso plano de saúde junto com minha demissão, justo no momento em que mais precisávamos. Não sei o que farei quando minhas reservas acabarem. Não conseguirei emprego por agora, não na minha atual condição. Mas não quero pensar nisso neste momento. Vou me preocupar quando chegar a hora.

— Estou achando você diferente! Tem algo acontecendo que ainda não me contou? — Dalva me escrutina.

— Foram tantos acontecimentos nos últimos tempos, né?

— Sim, passamos por muitas coisas, mas tudo que vivemos faz parte do processo que nos levará a nos conhecermos melhor.

— A senhora tem razão, mas ainda estou processando as rasteiras que a vida insiste em me dar.

— Minha menina, a vida tem uma forma peculiar de nos ensinar. Se você não aprende da primeira vez, o ciclo se repete para que tenha uma nova oportunidade de aprender, de uma forma ou de outra.

— Você tem razão. Acho que estou reiniciando um ciclo. — Ela ergue as sobrancelhas.

— Sente-se aqui do meu lado, conte tudo que perdi enquanto estava naquele hospital.

Sirvo duas xícaras de café, parto o bolo ainda morno; um pedaço para Dalva e outro para mim. Puxo a cadeira ao seu lado e me sento.

Começo a lhe contar tudo. Desde as ameaças que recebi, da fuga para Monte Verde. Meu acidente, minha demissão. Deixo por último minha gravidez. Dalva ouve tudo atentamente e a cada assunto vai erguendo mais sua sobrancelha.

— Minha querida, como conseguiu passar por tudo isso? — Busca minha mão, colocando a dela sobre a minha.

— Vamos ficando fortes com as quedas. Deus não nos entrega um fardo que não possamos carregar. Ele conhece nosso limite.

— Grávida... Teremos mais uma criança para alegrar ainda mais esta casa. — Sorrio sem jeito. — Posso lhe fazer uma pergunta?

Ela me olha curiosa e aceno positivamente com a cabeça. Então continua.

— O pai desta criança é o pai da Antonella?

Sou pega de surpresa com essa pergunta. Sinto meu rosto queimar e tenho certeza de que corei. Abaixo o olhar e Dalva já sabe a resposta.

— Não precisa me dizer se não quiser, mas acho que ele precisa saber... — ela ergue meu queixo — ... dos filhos que tem. Imagino que você não contou sobre Antonella.

Nego com a cabeça.

— Não sei o que a motivou a esconder da primeira vez. Você nunca tocou no assunto e percebi que não queria falar sobre ele. Então a respeitei. Mas, pelo que vejo, ele está de volta em sua vida. Não tem motivos para não contar.

— Mas e essas ameaças? Eu tenho medo.

— É justamente isso que a pessoa por trás quer que você sinta. Medo. Que deixe de agir por medo.

Encaro seus olhos, sempre tão doces e cheios de sabedoria. Dalva pode ter razão, essas ameaças são tão infundadas.

— Concordo que o Antoine merece saber de tudo. Eu até tentei contar, mas não consegui. Ele voltou para a França, não me atende. Provavelmente mudou o número.

— Não sei o que aconteceu entre vocês, mas o que vi aquela noite em sua casa é que aquele homem a ama. A forma como a olhava não deixou dúvidas. Mas e você? O ama?

Sou pega de surpresa por esta pergunta. Eu o amo? Claro que sim! Nunca existiu outro homem em minha vida. Antoine foi e ainda é o amor da minha vida.

— Sim, eu o amo!

— Então não deixe que o medo guie suas escolhas. Você precisa reparar o erro que cometeu no passado e correr para não repeti-lo. A vida está lhe dando uma nova oportunidade.

— E se ele não me perdoar?

— E se ele gostar de saber? Você só saberá se contar. A vida é cheia de escolhas e vivemos o resultado delas. Você precisa escolher.

Dalva tem razão. Não posso esperar resultados sem uma ação. Preciso fazer minha escolha, não posso mais carregar esse segredo. A cada dia ele pesa mais. Sem segredos não terei mais ameaças.

Passo horas ao telefone com Durand. Desde que resolvemos desligar a empresa brasileira da Fontaine, ele assumiu todo o controle por lá. Fizemos isso para que os envolvidos que estivessem agindo aqui da matriz perdessem sua conexão com a Essential.

— Quais novidades tem para mim, Oliver?

— Nosso plano tem funcionado. Nenhuma ligação mais com a Fontaine. Logo os envolvidos tentarão agir e, como já estamos esperando, vamos pegá-los.

— Isso é tudo que quero. Descobrir quem está por trás de toda essa sujeira. Ainda acho que Helena foi apenas manipulada.

— No início eu pensei que ela era a responsável, pois tinha o controle total dos laboratórios, porém há algo estranho. Eu a estou investigando e, pelo que tenho visto, ela não tem o perfil interesseiro, tampouco ganancioso.

— Como assim? — Sou tomado por um ciúme só de imaginar Oliver investigando minha morena.

— Ela ainda não mexeu no dinheiro. A conta permanece intacta. Continua desempregada, e a conta que ela movimenta já está quase zerando. O que me leva a crer que pode ter sido apenas "laranja" no esquema.

— Helena está passando por dificuldades? — Sinto um aperto no peito, um remorso começando a corroer.

— Dificuldades, ainda não. Mas, se não mexer na conta que foi desviada, dada as proporções de seus gastos, logo estará.

— Faça um depósito em sua conta no valor que ela deveria ter recebido no momento da demissão.

— Mas, Fontaine...

— Faça isso, Oliver.

— Não acha que deveríamos esperar para ver se ela acessa a outra conta?

— Se ela ainda não mexeu no dinheiro, na certa não deve nem saber que ele existe. Precisamos descobrir logo os envolvidos por trás de tudo. Provavelmente, Helena é inocente.

— Por isso acho que devemos esperar.

— Tudo bem, aguardaremos mais uma semana. Se até lá ela não mexer na conta, você faz o depósito.

— Tudo bem, farei isso.

— Tudo mais está conforme planejamos?

— Sim. Consegui impedir a empresa que comprou o produto de lançá-lo. Precisamos desembolsar um valor alto, mas conseguimos o produto de volta.

— Que boa notícia! Enviarei Juliet ao Brasil na próxima semana para que cuide do lançamento. Qualquer novidade me ligue.

— Tudo bem.

Encerramos a ligação.

Respondo a alguns e-mails quando uma batida à porta me interrompe.

— Boa tarde, *mon cher*!

— Boa tarde, *ma pettit*!

— Solicitou minha presença? — Juliet pergunta se aproximando de minha mesa.

Recebo-a com um abraço e lhe ofereço a cadeira a minha frente para que se acomode.

— Sim! Quero saber sobre suas férias. Quais são os seus planos?

— Bom. Não planejei muitas coisas. Apenas descansar mesmo.

— Quero lhe fazer um convite que no fundo será um favor de grande ajuda. Não posso confiar esse projeto a outra pessoa que não você.

— Bom... E o que seria? Sabe que gosto de desafios.

— Você deve saber que a empresa do Brasil foi vendida.

— Sim, eu não queria acreditar que você abriu mão de seu sonho.

— Às vezes precisamos recuar no presente para avançar no futuro.

— Entendo, mas você tinha um apreço especial por aquela empresa.

— Sim, você está certa. Por isso preciso de sua ajuda.

— Então esse convite tem a ver com a empresa brasileira?

— Sim. Preciso de você lá. Com todas as despesas pagas e poucas horas de trabalho. O que me diz?

— E o que especificamente você quer que eu faça lá?

— Bom, temos um produto novo para ser lançado. Um que irá revolucionar o mundo dos cosméticos.

— Uau! Mas quem é o novo dono? Algum amigo seu? — Sorrio de sua pergunta.

— Bom, legalmente a empresa pertence ao Oliver, mas continua sendo minha. — Ela me encara sem saber o que dizer. — Espero que esta informação fique em sigilo, bem como o verdadeiro motivo de sua viagem ao Brasil. Preciso que todos pensem que está fazendo uma viagem de férias.

— Tudo bem, pode contar comigo. Irei amar conhecer o país da Helena. Vou aproveitar e visitá-la.

A simples menção ao nome da Helena faz meu coração errar o passo.

— Mas por que tudo isso? Por que quer que todos pensem que a Essential foi vendida? — Ela me olha curiosa.

— É uma longa história. E quando eu puder lhe conto tudo, mas no momento será melhor se souber apenas o necessário.

— Tudo bem! E quando quer que eu vá?

— Na próxima semana.

— Tão rápido assim? — Ela se espanta.

— Tenho pressa neste projeto.

— Tudo bem. Vou me organizar e semana que vem estarei embarcando para o Brasil.

— Obrigado, *ma petit*! Sabia que poderia contar com você!

— Sempre, *mon cher*! — Ela se levanta e vem em minha direção para mais um abraço.

Minha consciência pesa. Será que agi errado com a Helena? Preciso reparar esta falha caso a tenha cometido. Sinto-me sufocado, não gosto de ser injusto, mas não suporto traição. E todas as provas apontavam para ela, eu não poderia ter agido de outra forma. Ainda não sabemos se está ou não envolvida.

Minha cabeça dá sinais de que a enxaqueca vai atacar, dou por encerrado meu dia de trabalho. Chego em casa e já passa das nove da noite. Decido sair para espairecer as ideias. Estender a noite na Le Dandy me parece bom.

Tomo banho e visto uma calça jeans escura com uma camisa preta. Dobro levemente as mangas até os cotovelos. Borrifo um pouco da minha colônia. Penteio os cabelos, deixando-os um pouco desalinhados, então confiro o visual no espelho.

Satisfeito com o resultado, pego minha carteira, o celular e as chaves do carro. Enquanto caminho para a garagem, ligo para o Robert, que atende no terceiro toque.

— Boa noite, brother!

— E aí? Como estão as coisas?

— Como sempre, meu irmão! Pista cheia, galera animada e muita agitação!

— Que bom! Estou pensando em dar uma agitada hoje!

— Vem para cá! Já estou colocando seu nome na lista!

— Estou a caminho. Até breve!

— Até!

Aciono o alarme do carro, que acende os faróis, destravando as portas. Entro e coloco o veículo em movimento. Alguns minutos depois estou deixando-o com o manobrista.

Caminho até a portaria. Uma fila gigantesca se forma ao redor do prédio. Eu me apresento e entro sem dificuldades. Vantagens de ser amigo do dono. Caminho em meio às pessoas, respiro fundo, e o cheiro de fumaça com álcool invade meu olfato. A energia que emana da pista de dança é alucinante.

Era tudo que precisava esta noite. Esquecer um pouco dos problemas e me entregar ao deleite. Hoje quero aproveitar. Caminho até o bar, onde encontro Robert conversando com René.

— Olha quem resolveu aparecer! — Robert é o primeiro a me ver.

— Resolveu sair da empresa e viver um pouco? — é a vez de René falar.

— Não precisam exagerar!

— Exagerar? Faz mais de um mês que você não dá as caras por aqui. E anda trabalhando feito um louco.

— Precisava colocar muita coisa em ordem depois que voltei do Brasil — tento me justificar, mas sei que eles têm razão; tenho estado mais recluso desde que voltei.

— Não estou reconhecendo você, brother! Vamos mudar isso esta noite! O que quer beber? — Robert pergunta.

— Quero uma cerveja!

— É pra já! — Sai para pegar a bebida.

— E aí, Toine! Que bom que resolveu se juntar a nós! — René fala.

— Esta noite me senti sufocado! Preciso extravasar.

— Então veio ao lugar certo! — Robert fala me estendendo a bebida.

Começamos uma conversa descontraída e algum tempo depois já perdi o número de cervejas que bebi. Os rapazes são sempre zombeteiros e nunca falta assunto entre nós. Depois de rirmos bastante, resolvemos ir dançar.

A pista está fervilhando de pessoas dançando e pulando ao som da batida eletrônica que o DJ faz. Aos poucos vamos nos infiltrando em meio às pessoas até estar imerso ao emaranhado de gente.

Dançamos e flertamos com as garotas que estão próximo a nós. Até que René abraça uma delas e sai de fininho, deixando Robert e a mim. Não demora muito e o mesmo acontece com ele. Acabo sozinho. Mas continuo dançando, até que sinto uma mão passando em meus braços e alcançando meu peitoral.

Viro-me para ver quem é a dona das mãos delicadas que me prenderam por trás. E a surpresa certamente fica estampada em meu rosto quando encaro Ève.

— O que você faz aqui? — pergunto num rompante, falando alto para que ela possa me ouvir por cima da música alta.

— Oras, me divertindo. Assim como você! Surpreso por me encontrar?

— Sim, não imaginava que a encontraria aqui. Este lugar não faz seu estilo.

— Sim, realmente não gosto daqui, mas minha intuição estava me dizendo que teria uma grata surpresa esta noite. — Ève sorri.

— Vou sair um pouco para beber algo, me acompanha?

— Claro, *mon coeur*! Estou mesmo sedenta — fala fazendo um coque com os cabelos, deixando a nuca exposta.

Ève está jogando comigo. E sabe como jogar.

Caminhamos até o bar. Ela pede um Cosmopolitan e eu, outra cerveja. Iniciamos uma conversa agradável. Ève está diferente, sinto que está menos pegajosa. Deve ter entendido que entre nós haverá somente amizade. Começo a baixar a guarda com ela.

Depois de muita conversa regada a risadas, começo a vê-la com outros olhos. Ou é a bebida que está me deixando bobo? Não sei. O fato é que estou curtindo sua companhia.

— Preciso ir ao banheiro. — Já não estou me aguentando, perdi a conta de quantas garrafas bebi.

— Tudo bem, vou te esperar aqui. — Ève me dá uma piscadela.

Saio em direção ao banheiro. Acho que já passei da conta com a bebida, vou ter que chamar um carro de aluguel para voltar para casa. Não poderei dirigir.

Alguns minutos depois volto a nossa mesa. Ève fala ao telefone, desliga assim que me vê.

— Quem era? — pergunto curioso, e ela sorri ao perceber meu interesse.

— Um amigo — diz simplesmente. — Vamos dançar? —Não me dá tempo de dizer nada.

— Acho melhor não. Bebi demais, acho que vou para casa.

— Ah, *mon coeur*! A noite está apenas começando — lamenta chorosa.

Pego a garrafa de cerveja que deixei na mesa e viro de uma vez o restante do líquido. Faço uma careta. Estava quente. Ève me observa atenta.

— Você vai dirigir neste estado? — Olha-me preocupada.

— Não, vou chamar um carro de aluguel.

— Não precisa, eu levo você para casa. Bebi apenas um drinque. Posso dirigir para você.

Olho em dúvida para ela. Apesar de não estar em minhas melhores condições, parece uma boa ideia.

— Não quero estragar sua noite. Posso muito bem chamar um carro de aluguel.

— Não vai estragar nada, eu me sinto bem em poder ajudar. Afinal é isso que os amigos fazem, não é?

Minha cara deve ter demonstrado surpresa, pois Ève sorri descontraída. Realmente ela está mudada. Minha cabeça roda. De fato bebi demais.

— Então vamos? — Resolvo sair o quanto antes da agitação.

Ève pega sua bolsa e me guia para a saída. Já do lado de fora, pedimos o carro ao manobrista. Ele nos traz o veículo e eu entrego a direção a Ève. Começo a me sentir estranho, uma camada fina de suor brotando na têmpora. Fecho um pouco os olhos. A sensação de que algo está errado.

Abro os olhos sentindo-os cada vez mais pesados. Percebo que Ève não está fazendo o caminho da minha casa.

— Aonde estamos indo? — falo com dificuldade, sentindo a língua dormente.

— Não se preocupe, *mon coeur*. Comigo você está seguro.

Ela vira mais algumas quadras e entra em um estacionamento no subsolo. Meu corpo parece dormente. Não me recordo de ter bebido tanto assim, mas me sinto grogue.

— Onde estamos? — falo cada vez mais enrolado.

— Vamos apenas descansar, *mon coeur* — escuto, mas tenho dificuldades em raciocinar sobre o que ela está falando.

Tento me mover, mas meu corpo parece mais pesado. Um estado de letargia toma conta de mim. Até que a escuridão domina tudo.

CAPÍTULO 9

Depois da conversa que tive com a Dalva, resolvi que já era hora de agir. Eu rolo na cama de um lado para o outro, sem conseguir dormir. Pego meu celular, farei uma última tentativa.

Confiro as horas, aqui é madrugada. Na França está amanhecendo. Disco seu número mais uma vez.

O telefone chama, chama e, quando penso que irá para a caixa de mensagem, uma voz sonolenta atende.

— Alô — a voz feminina ainda rouca, mostrando que acabou de acordar.

Confiro o número para saber se liguei certo. Sim, está correto.

— Este número é do Antoine? — falo em francês.

— Sim, é dele.

— Posso falar com ele?

— Não. Ele ainda dorme. Gostaria de deixar um recado?

Estranho uma mulher atendendo seu telefone. Até que a ficha cai. Ele seguiu sua vida. Devo ter sido apenas uma diversão enquanto esteve aqui.

— Com quem estou falando? — pergunto com medo da resposta, porém curiosa para saber.

— Aqui é a futura senhora Fontaine. — Sinto como se tivesse ganhado um soco no estômago. — Quem está falando?

Ela pergunta, mas não quero me identificar. Acabo encerrando a ligação sem dizer mais nada. Sinto meu coração se partir. A culpa é toda minha. Eu demorei demais para contar. Ele esteve aqui, poderia ter lhe dito toda a verdade. Agora é tarde.

Sou tomada por uma náusea e corro para o banheiro. Coloco para fora tudo que comi na noite anterior. Sinto-me arrasada.

Seria Ève? Então era verdade, eles estavam juntos e ele me enganou. Como fui tola ao cair em sua conversa. Sinto-me ainda mais arrasada ao pensar que fui usada. Volto a vomitar.

Os dias têm passado. Para ajudar com as despesas, comecei a fazer bolo por encomenda. Graças a Deus as vendas têm ajudado bastante. Minha reserva no banco praticamente acabou. Se não fosse a ajuda dos meus amigos, estaria perdida.

Carla sempre me ajuda como pode. Cadu tem viajado bastante e diz que está ganhando um bom dinheiro agora. Ele se ofereceu para me ajudar até eu conseguir um novo trabalho. Ainda não sabe que estou grávida, poucas pessoas sabem.

Tenho me culpado por ter sido tão descuidada. Da primeira vez era uma adolescente descobrindo a vida. Agora não tenho desculpas. Eu sabia bem das consequências. E mesmo assim me deixei levar pelos sentimentos que há anos eu guardava.

A verdade é que a história está se repetindo. Não sou mais aquela menina amedrontada de dez anos atrás. Porém as circunstâncias são as mesmas. Mais uma vez estou sem o Antoine e ele continua sem saber que teremos mais um bebê.

Semana passada fui ao médico. Ainda não deu para saber o sexo, mas ele está saudável, tem se desenvolvido conforme o esperado. O que me deixa contente. Antonella está amando a ideia de ter um irmão ou irmã. Ela ainda não se decidiu se prefere que seja ela ou ele. No fundo isso não importa, já o amamos e isso é que nos torna uma família. O amor.

Termino de colocar o último bolo na caixa. Olho o relógio e ainda faltam alguns minutos até Cadu chegar.

Olho para meu telefone, e decido tentar mais uma vez. Mesmo sabendo que Antoine já está com a vida resolvida. Antonella merece saber quem é seu pai. Ele também precisa saber que temos uma filha e que em breve teremos outro.

Com o telefone em mãos, procuro por seu nome e aperto chamar. O telefone toca, toca, e cai na caixa postal.

Fico na dúvida se deixo um recado ou simplesmente deixo para lá, mais uma vez. Entretanto penso que já adiei muito essa conversa. Então resolvo deixar uma mensagem de voz.

— Toine. Espero que esteja bem. Aqui é Helena. Não tive oportunidade para lhe agradecer pelo que fez por mim e por Antonella. Espero que possa fazer isso pessoalmente em breve...

Faço um minuto de silêncio, buscando coragem para continuar. Temo que, ao saber que lhe escondi a verdade todo esse tempo, ele resolva me tomar Antonella. Ou pior, fico cada vez mais nervosa temendo sua reação, ele pode nos rejeitar. Respiro fundo tentando controlar a ansiedade. Então continuo.

— Na verdade, estou ligando porque preciso conversar com você. Sei que anda muito ocupado, mas o assunto é sério e preciso lhe confessar, antes que seja tarde. Me ligue quando puder.

Encerro a ligação sentindo o coração acelerado próximo à garganta. Engulo em seco e respiro fundo, tentando normalizar a algazarra que tomou conta do meu interior.

Eu me assusto quando a campainha toca, já sei que é o Cadu. Mas ainda sinto o formigamento nas mãos, apenas pelo fato de imaginar que Antoine pode estar ouvindo minha mensagem.

Caminho até a porta para abri-la para o Cadu. Ele andou viajando no último mês, fez uma viagem longa com um cliente. E parece que recebeu bem, pois até trocou de carro. Agora que voltou, tem me ajudado com a entrega dos bolos.

Andei panfletando na porta das escolas e com isso ganhei muitas clientes. Comecei na escola da Antonella, fiz alguns *cupcakes* e distribuí na saída com meu panfleto. Foi uma alegria com a molecada. E como esperado o retorno veio.

Na semana seguinte começaram as encomendas. Fiz a mesma coisa em mais duas escolas e agora tenho encomendas todos os dias. Precisei investir o que restou do meu dinheiro em alguns equipamentos que não tinha. Para agilizar o processo de produção.

Abro a porta e recebo Cadu. Ele entra, me cumprimenta com dois beijinhos. Está diferente, parece mais arrumado. Anda vestindo grife, até seu perfume mudou. Seu trabalho deve estar lhe rendendo bem, é perceptível sua mudança.

— Oi — ele diz. — Cheguei cedo?

— Oi. Não. Chegou na hora certa! Acabei de embalar o último bolo.

— Que bom! Timer perfeito!

Sorrio de sua animação.

— Você aceita um café antes de sair?

— Não resisto a um café. Aceito!

Caminhamos para a cozinha. Eu lhe sirvo uma xícara de café e um pedaço de bolo. Ele degusta como se estivesse comendo a melhor coisa que já provou.

— Nossa, Helena, esse bolo é dos deuses. Que delícia!

— Que bom que gostou. Acho que esse é o segredo do sucesso das vendas.

— Com certeza! Quem prova quer mais.

— Ainda bem que as vendas têm sido satisfatórias. Preciso manter esta casa. E nossas despesas estão bem altas.

Cadu deposita a xícara sobre a bancada e vem em minha direção, parando a poucos centímetros de mim. Permaneço imóvel. Ele segura minha mão entre as suas.

— Você não precisa passar por tudo isso sozinha. Já perdi as contas de quantas vezes lhe disse isso.

— Cadu... — Não queria que ele seguisse nesta direção.

— Shhh... — ele me silencia com o indicador —, me deixe te ajudar, Helena. Me deixe cuidar de você? O que te impede de ser minha? Estou em um bom momento no meu trabalho. Posso lhe dar uma vida de rainha.

Uma mão sobe por meu braço, a outra segura minha nuca. Não, não faça isso... por favor. Então ele me beija. Fico estática. Não quero e não posso retribuir. O beijo é cálido, controlado, como se ele tivesse calculado o momento certo para começar e parar.

O cheiro da sua colônia, misturado ao do café, enjoa-me. Eu o empurro com força e corro para o banheiro, por pouco não consigo chegar. Coloco para fora tudo que comi. Esta é a pior parte da gravidez. Os enjoos. Espero que eles passem depois do primeiro trimestre.

Ajoelhada de frente para o vaso sanitário, sinto mãos segurando meus cabelos. E sei que é ele. Que vergonha. Como vou explicar esta situação sem revelar a gravidez? O que Cadu deve estar pensando, que foi aversão a ele?

— Se sente melhor? — pergunta quando os vômitos cessam.

Não consigo responder, apenas assinto com a cabeça. Não tenho forças para me levantar. Estou morrendo de vergonha de encarar o Cadu.

— Venha se lavar, se apoie em mim — fala tão naturalmente, como se nada houvesse acontecido.

Aceito sua mão e me coloco de pé. Caminho até a pia e lavo o rosto. Pelo espelho, vejo o rosto sereno de Cadu me estudando. Ninguém diz nada até ele quebrar o silêncio.

— O que está acontecendo, Helena? Isso tudo é por minha causa?

Chegou a hora de revelar a ele minha situação. Não posso deixá-lo pensar que o enjôo foi causado pelo beijo.

— Mamãe! Eu cheguei! — Antonella interrompe meu momento constrangedor e me salva de uma conversa difícil.

CAPÍTULO 10

O olhar decepcionado de Cadu não me passa despercebido. Ele percebe que a chegada da Antonella me impediu de confessar a ele o que se passa. Meu amigo logo muda seu semblante e abraça minha menina, saindo do banheiro.

— Oi, princesinha! Como você está?

— Estou faminta, tio. Tem algum bolo sobrando, mamãe? — ela fala enquanto lavo o rosto e as mãos.

— Claro que tem, minha querida! Venha, vou lhe partir um pedaço. Você também aceita mais, Cadu?

— Não, preciso levar suas encomendas antes que fique tarde. Volto depois. Você fica me devendo.

Percebo, pelo modo que fala, que estou lhe devendo mais que um pedaço de bolo. Devo-lhe explicações. Por que minha vida tem a tendência de desandar toda vez que Antoine aparece? Deve ser um carma.

Quando Cadu sai com as embalagens de bolo, sigo Antonella para a cozinha e lhe preparo um lanche.

Enquanto ela come, pego meu celular. Uma ligação perdida e várias mensagens da Lucinda me chamam a atenção.

Abro o aplicativo de mensagens na esperança de ter alguma resposta. Mas decepção estampa meu rosto quando vejo inúmeras mensagens, mas nenhuma dele.

"Helena, preciso falar com você."

"Helena, por que não atende?"

"Me retorne assim que possível."

Penso se devo ligar. O que de tão importante Lucinda teria para me falar depois de todo esse tempo? Mas a curiosidade me vence. Meus dedos buscam pelo seu contato e aperto "ligar".

Depois de três chamadas, ela me atende com a voz chorosa.

— Helena...

— Lucinda, está tudo bem?

— Ah, Helena... Foi horrível.

— O que foi horrível? Não estou entendendo.

— Levaram o Rodrigues, ele não estava respirando... Foi horrível, Helena — ela fala rápido e chorosa, eu não consigo entender o que está tentando me contar.

— Lucinda, fique calma. Conte desde o começo. O que foi que aconteceu?

— Helena, o Rodrigues me ligou, não conseguia dizer nada. Eu fiquei preocupada então fui ver o que ele queria. Quando cheguei ele estava passando mal. Ele...

— Meu Deus, Lucinda! — então uma constatação me atinge. A pessoa que teve seus exames trocados com os meus com certeza foi o Rodrigues. — Isso é horrível!

— Sim, ele tentou me dizer algo antes de ficar desacordado, mas eu só entendi o seu nome. Ele a tinha como uma filha, estava muito reservado desde que você foi desligada da empresa. — Um nó se forma em minha garganta. Lucinda volta a chorar. — Eu não consegui entender, Helena, me desculpe.

— Não se cobre por isso. Ele ainda poderá nos contar o que queria dizer. Logo vai se recuperar.

— Espero que sim. Foi assustador vê-lo daquela forma.

— Imagino o susto! Você precisa de algo?

— Sim, Helena. Gostaria que fosse comigo ao hospital para onde o levaram. Você pode me acompanhar? Não queria ir sozinha. Não tenho mais ninguém que eu possa chamar.

Meu coração se aperta diante deste pedido. Rodrigues sempre foi uma pessoa boa comigo. Ele me deu minha primeira oportunidade de trabalho, acreditou em meu potencial, quando eu mesma duvidava da minha capacidade. Não sei o que dizer.

— Helena... Ainda está aí? — Lucinda me traz de volta dos pensamentos.

— Sim, estou. A que horas pretende ir?

— Podemos ir agora se for uma boa hora para você.

— Hum, pode me dar um minuto? Preciso combinar com minha amiga de vir ficar com Antonella.

— Te pego em sua casa em trinta minutos, pode ser?

— Claro! Te aguardo.

Encerro a ligação com a Lucinda e faço outra para a Carla explicando a situação. Ela fica assustada assim como eu fiquei e fala o que eu também suspeitava: que nossos exames foram trocados! Enquanto aguardo sua chegada, eu me troco e converso com Antonella sobre minha saída.

Deixo um lanche pronto na mesinha de cabeceira da Dalva, que dorme seu sono da tarde tranquilamente. Dou-lhe um beijo na testa e vou para a cozinha, onde Antonella devora mais um pedaço de bolo.

— Acho bom você deixar uma fatia para sua tia, ou ela vai ficar chateada.

— Tá bom, mamãe, este é meu último pedaço.

Concordo com a cabeça sabendo que ela não vai resistir, vai acabar comendo mais um. Escuto o barulho da porta sendo aberta e sei que é a Carla. Ela vem direto para a cozinha.

— Que cheiro maravilhoso é esse?

— Bolo de chocolate — Antonella fala com a boca cheia. — Deixei um pedaço para você.

— Hum... que delícia! Vou aceitar!

Carla me dá um beijo e se senta ao lado da Antonella. Ofereço-lhe um prato para que ela se sirva do bolo. Então uma buzina soa lá fora.

— Bem, minha carona chegou. Vejo vocês mais tarde. Vejam se não comam todo o bolo. Senão terão dor de barriga.

— Tá bom! — as duas respondem juntas e de boca cheia.

Balanço a cabeça em negativa e saio, encontrando Lucinda em seu carro na porta de casa. Entro e afivelo o cinto.

— Oi, Helena, como tem passado?

— Oi, Lucinda. Estou tentando seguir em frente. E como estão as coisas na empresa?

— Muitas mudanças aconteceram desde que você saiu. Talvez seja toda essa pressão que estamos vivendo que desencadeou o mal-estar no Rodrigues.

— Muitas mudanças? — Fico curiosa e com uma vontade enorme de perguntar pelo Antoine, mas não o faço.

— Sim, sabia que não fazemos mais parte da Fontaine?

— Como assim? — Isso sim, é uma grande novidade!

— Isso mesmo. Ainda não sabemos quem comprou a empresa, mas não estamos mais ligados à Fontaine.

Isso me pegou desprevenida. O que me faz pensar que fica ainda mais difícil me encontrar com o Antoine. Já que dificilmente voltará ao Brasil.

O trânsito em São Paulo sempre caótico. Levamos cerca de quarenta minutos até o hospital para onde levaram Rodrigues. Mas nem vi o tempo passar, Lucinda estava nervosa e não parava de falar. Ela me atualizou de todos os assuntos dentro da empresa. Até das fofocas dos funcionários eu já estou por dentro.

Estacionamos o carro e dirigimo-nos para a entrada principal. Estávamos quase chegando à portaria do hospital quando a porta se abriu. Antes que eu pudesse me desviar, acabei colidindo com outra pessoa.

— Desculpe... — uma voz feminina com forte sotaque atinge meus ouvidos — Helena? É você, mesmo? — Olho curiosa para a pessoa à minha frente.

— Minha nossa! Juliet? O que faz aqui no Brasil?

— Que legal encontrar você! — Juliet me dá um abraço.

— Por que não me disse que estava aqui? Quando chegou?

— Cheguei ontem, mas não consegui fazer nada. O jet lag acabou comigo.

— Sei como é. Passei por isso em Paris. Mas está de férias, ou veio a trabalho?

— Bom, estou aqui para um pouco dos dois. Sabe como é, não dá para vir a este país e não aproveitar um pouco.

Concordo com a cabeça. Pois sei bem como o Brasil é encantador.

— Mas o que faz aqui? Está tudo bem?

— Bom, vim acompanhar Lucinda. Ela veio ver o diretor da empresa em que trabalhei. Parece que ele teve um princípio de infarto.

— Espera... Você veio ver o Rodrigues?

— Sim, como sabe?

— Eu vim com ele. Estava em uma reunião na Essential quando tudo aconteceu. Então vim acompanhando-o a pedido do Durand.

— Que coincidência... — falo tentando entender tudo que está acontecendo aqui. — Então você já deve ter conhecido a Lucinda.

— Bem, cheguei hoje à empresa, e foi um tumulto danado. Mas tenho certeza de que nos vimos por lá. Mesmo com todo o alvoroço que foi o socorro do Rodrigues.

— Sim... Sou a secretária do Rodrigues — foi a vez de Lucinda falar. — E como ele está agora?

— Bom, levaram-no para a UTI. Ele está sendo cuidado. Os médicos disseram que seu estado é delicado, as próximas horas são as mais críticas e decisivas.

— Vamos torcer para que se recupere — falo passando forças a minha amiga, que se debulha em lágrimas.

— Sinto muito que nosso encontro se dê assim, em um momento tão delicado — Juliet fala pesarosa.

— Sim, Rodrigues é uma pessoa querida, apesar de ter sido um chefe muito exigente. — Sorrio ao me lembrar de sua rabugice com carinho.

— Acho melhor que você vá para casa descansar, Lucinda. Ele não pode receber visitas. Está sendo cuidado agora e não há nada que possamos fazer para ajudá-lo a não ser orar.

— Concordo com Juliet, vamos para casa e aguardaremos por mais notícias — falo com Lucinda, que concorda derrotada.

— Que tal voltarmos lá para casa e comermos um bolo de chocolate? — convido as duas.

— Eu topo, pois era isso que ia fazer. Estava justamente digitando seu endereço no GPS, por isso não a vi e acabamos nos esbarrando.

Olho para Lucinda, que parece pensativa.

— Obrigada, Helena, mas vou para casa — ela declina do convite. — O dia hoje foi bem exaustivo. Acho que você tem carona para voltar.

— Descanse, Lucinda — Juliet a aconselha. — Foi um dia atípico, emoções que exigiram muito de nós. Não se preocupe, eu levo Helena em casa.

Dou um abraço na minha amiga, confortando-a.

— Você ficará bem? Qualquer coisa, pode me ligar. Se tiver alguma notícia do Rodrigues, me avise — digo a Lucinda.

— Sim, vou ficar bem. Qualquer notícia, eu ligo. Obrigada por ter vindo comigo.

— Não tem o que agradecer. Fiquei feliz por ter me ligado — digo lhe dando um abraço.

Lucinda caminha de volta para o estacionamento e eu acompanho Juliet até seu carro. Ela coloca meu endereço no GPS e partimos.

— Veio a trabalho à Essential?

— Sim. Você deve ter ficado sabendo que ela não faz mais parte da Fontaine.

— Fiquei surpresa quando soube. Não imaginava que o Antoine abriria mão dela.

— Foi a pedido dele que eu vim. A empresa foi comprada por um amigo.

— Entendo. Mas o que especificamente você veio fazer?

— A Essential vai lançar um produto que irá revolucionar o mercado. Então vim montar uma estratégia de marketing para o lançamento. O produto é mesmo incrível! — fala animada.

— Eu sei. Fui eu quem criou — falo derrotada.

— Sério? Como não fiquei sabendo disso? Aquele produto é realmente fantástico!

— Sim. Eu sabia que iria revolucionar o mercado.

— Espera! E como você, depois de criar este produto, foi demitida e não vai participar do lançamento?

Dou de ombros, pois não sei o que dizer. Como posso explicar para ela que é uma questão pessoal entre mim e o Antoine. Que ele não conseguiu separar as coisas. Isso soa tão infantil.

— Sabe, antes de todo o ocorrido com o Rodrigues, estava reunida com o Oliver. E, quando perguntei por você, fiquei surpresa ao ouvir que foi desligada da empresa. Não esperava por isso.

— Tudo isso foi uma surpresa para mim também. Não sei nem como explicar.

— Não precisa me explicar. Mas quero saber tudo sobre o produto. Como planejou algo tão perfeito?

Começo a contar a ela sobre a minha criação, enquanto enfrentamos o trânsito confuso e desgovernado de São Paulo. O dia dá lugar à noite e, depois de quase uma hora, paramos em frente a minha casa.

— Vamos entrar, a Carla está aqui e quero que você conheça uma pessoa especial.

— Ah, que legal! Queria mesmo rever a Carla, vamos lá!

Entro na frente e Juliet vem logo atrás. Encontro a casa na penumbra. Somente a luz da televisão ligada. Aproximo-me da sala e encontro Carla e Antonella vidradas no filme da Cinderela.

— Oi, meninas, temos visita. Posso acender a luz?

As duas me encaram com surpresa. Na certa não esperavam que eu estivesse de volta tão rápido, e com visita.

— Claro! — Carla se coloca de pé imediatamente. Quando acendo a luz, ela grita: — Não acredito! Você veio mesmo!

Caminha até Juliet, que abre os braços em retribuição.

— Que bom ver vocês, meninas! Não via a hora de chegar aqui e fazermos tudo aquilo que combinamos em Paris!

— Será um prazer lhe apresentar nosso país. — Carla fala com entusiasmo.

— E essa garotinha linda? — Juliet pergunta olhando para Antonella, que permanece no sofá com seus olhinhos curiosos.

— Esta é Antonella, minha filha. — Vejo o espanto tomar conta do rosto de Juliet.

— Uau! Não imaginava que sua filha fosse tão grande e linda! Qual a idade dela?

— Faço dez mês que vem — é Antonella quem responde.

— Muito prazer, sou Juliet. — Ela abre os braços para minha filha, que se levanta para aceitar o abraço.

— O prazer é todo meu. Você é linda! — Antonella passa a mão em seu cabelo Chanel.

— Você que é muito linda! Tem um sorriso encantador... — Juliet me olha ao falar isso.

Será que ela notou a semelhança? Resolvo ignorar esses pensamentos.

— Venha, vou lhe servir um pedaço de bolo.

— Vocês queriam um pedaço? — Antonella coça a cabeça.

— Sim, convidei a Juliet para vir comer um pedaço de bolo. — Olho para ela, que olha de mim para Carla.

Na hora entendo que as duas devoraram todo o bolo de chocolate que deixei na mesa.

— Não acredito que vocês duas comeram tudo! — Olho indignada de Carla para Antonella.

Juliet nos observa divertida.

— Se não tiver bolo, não tem problema, podemos pedir algum delivery.

— O problema não é esse. É que essas duas são umas devoradoras de bolo. E depois acabam com dor de barriga de tanto açúcar ingerido. — Juliet sorri. — Tenho outro bolo guardado no forno.

— Oba! — Carla e Antonella falam ao mesmo tempo.

— Vocês duas não têm jeito! — exclamo derrotada.

Em uma conversa animada, saboreamos o bolo. Juliet fala livremente com Antonella, chegando a sugerir que a chame de "tia". Observo como Juliet a olha com curiosidade e certo interesse.

Nossa noite foi agradável. Rever Juliet trouxe um pouco de esperança a esse meu coração desiludido.

CAPÍTULO 11

Chego à empresa antes do horário costumeiro. Acordei bem cedo e fui para a academia. Havia muito tempo não comparecia, descontei o tempo perdido. Malhei mais do que pretendia, mas saí de lá renovado. Com a cabeça bem mais aliviada para preparar os documentos referentes à reunião com Badeaux.

Ele tem ficado desconfiado desde que anunciei a venda da Essential. Vou mostrar os documentos da transferência e o depósito feito à Fontaine como pagamento pela venda.

A reunião é demorada e se arrasta mais do que eu imaginava. Pelo menos sei que agora ele está convencido de que a Essential não faz mais parte da Fontaine.

Chego a minha sala, confiro o relógio, que marca três da tarde. Meu estômago reclama da falta do almoço. Caminho para a mesa e, antes mesmo de me sentar, o telefone vibra no bolso do paletó. Pego-o e pelo visor sei que é o Oliver.

— Diga, meu amigo. Tem novidades para mim?

— Fontaine, tivemos um problema por aqui — sua voz é séria.

— O que houve?

— Rodrigues infartou.

Fico sem reação com a notícia. Isso não é nada bom.

— Antoine, ainda está aí?

— Sim. É que essa notícia me pegou de surpresa. E como ele está?

— Foi levado pelos socorristas, mas seu estado é grave. Eles não nos deram muita esperança.

— Meu Deus... Isso é muito triste. — Não sei o que dizer — Vou precisar que você assuma a presidência até que tudo se resolva — digo depois de um momento de silêncio.

— Tudo bem. Farei isso.

— Juliet chegará nos próximos dias. Ela poderá lhe ajudar no que precisar.

— Sim. Ela chegou ontem. Veio trabalhar hoje e estávamos reunidos quando tudo aconteceu. Ela foi para o hospital com o Rodrigues.

— Que bom que já chegou. Vou tentar falar com ela mais tarde.

Encerramos a ligação e meu estômago ronca de fome. Resolvo sair e comer algo.

Vou ao L'Ambroisie, porque sei que lá vou ser um pouco paparicado e é desse calor humano que estou precisando. Sinto falta do *papa*. Ele continua viajando, chega na semana que vem.

É sempre uma diversão encontrar meus avós. As implicâncias de um com o outro sempre me colocam à prova. Quando saio do restaurante já é fim de tarde, resolvo dar uma volta pelo Louvre. Há muito não tenho tempo de andar por aqui.

Este é um dos meus lugares favoritos. Lembro-me das muitas conversas que tinha com Helena.

— Um dia quero te levar e mostrar cada cantinho do Louvre. É um dos meus lugares favoritos.

— Deve ser incrível! Eu conheço apenas por foto.

— Sim, é incrível. A atmosfera do lugar é mágica. Sabia que ele já foi uma fortaleza? Construída pelo rei Filipe II da França para proteger a cidade de forasteiros?

— Fico ainda mais curiosa para conhecer pessoalmente.

— Você vai amar. Tenho certeza. Algumas pessoas acreditam que o Louvre é um lugar assombrado.

— Sério?

— Sim. Ele tem mais de oitocentos anos e muita história para contar. Então surgem muitas lendas sobre o lugar.

— Você conhece alguma história assustadora sobre ele?

— A mais famosa que conheço é a de Jean l'Ecorcheur, o Açougueiro. Ele era um dos capangas da rainha francesa Catarina de Médicis. Ela mandou matá-lo porque ele sabia muitos segredos sobre a família real. Sentindo-se enganado, o Açougueiro ressuscitou dos mortos e amaldiçoou a realeza francesa que vivia no Louvre. Muitos turistas já relataram vê-lo no museu e no adjacente Jardim das Tulherias. Como está

sempre vestindo vermelho, ele também é conhecido como o "Homem Vermelho das Tulherias".

— Que bizarro. Se eu vir algum homem de vermelho, vou ficar achando que ele é o tal fantasma.

— Cuidado... Ele poderá perseguir você.

— Ai, não sei se vou querer conhecer esse lugar, não.

— Larga de ser medrosa. Eu estarei lá com você para te proteger!

— Sendo assim, eu vou. Com você me sinto mais que segura.

Atravesso a rua e me deparo com a grande pirâmide, que é o símbolo do Louvre. Não pretendo entrar no museu, mas caminhar por sua esplanada, próximo aos espelhos d'água. O lugar está cheio de turistas. Sinto-me um pouco sufocado quando estou em lugares com muitas pessoas, então caminho mais afastado das grandes aglomerações.

Sigo meu caminho, vejo os turistas posando para as fotos em frente às pirâmides. Até que uma pessoa em especial se destaca em meio às demais. Seu tom de cabelo é inconfundível.

Desde a noite da boate que não nos vemos. Sigo em sua direção, pois ver Ève turistando no Louvre para mim é uma novidade. Ela nunca gostou deste lado de Paris. Resolvo caminhar até ela.

Quando estou a uma distância curta, vejo que não está sozinha. A pessoa que a acompanha está de costas para mim. O que a faz me ver. Ela sorri e corre em minha direção, dando-me um abraço.

— Mon coeur! Que saudades! Que coincidência encontrá-lo aqui!

— Coincidência mesmo! Você aqui no Louvre é de se espantar.

Ela sorri com o que eu falo.

— As pessoas mudam, não é?

— Sim, e como mudam! Está sozinha?

— Não, estou apresentando Paris a um amigo. — Aponta para um homem que se mistura à multidão impedindo-me de vê-lo.

— Que bom vê-la assim! — Realmente me sinto feliz em ver que Ève finalmente entendeu que entre nós dois haverá somente uma amizade.

— Vou lá me encontrar com ele antes que nos percamos. Até mais, *mon coeur*. — Ela me dá um beijo e se vai.

Caminho por mais alguns minutos e vou em direção ao meu carro. Ainda preciso passar pela empresa. Alguns contratos devem ser assinados ainda hoje para que não haja atrasos.

Pela janela da minha sala, vejo que a noite já chegou faz tempo. Decido guardar a pasta que estava analisando. Já não consigo me concentrar mais. Sirvo-me um copo de bebida e caminho até a janela. Daqui posso ver a cidade ganhando vida através do rastro de luzes deixados pelos faróis dos carros em movimento.

Meu telefone toca em cima da mesa. Resolvo ignorar. Sei que, qualquer que seja o problema agora, vou resolver apenas amanhã. Estou cansado. A bebida desce arranhando o peito. Sinto que o álcool me relaxa um pouco.

Permito-me pensar nela. É irrefreável. Não consigo controlar. Então apenas deixo fluir.

— *Que saudades eu senti de ter você assim, em meus braços.* — *Seus olhos estão presos aos meus, seu corpo completamente colado ao meu.*

— *Confesso que também senti falta da nossa conexão. Nossas conversas.* — *Ela sorri.*

Beijo seus lábios mais uma vez, sentindo-a entregue. Helena é minha mais uma vez. Como ansiei por isso. Seus lábios sedentos buscam os meus com a mesma fome com a qual a desejo.

— *Não quero que isso acabe* — *falo ao precisar de fôlego.*

Ela sorri e me puxa ainda mais de encontro ao seu corpo.

O telefone apita o recebimento de uma mensagem de voz, quebrando meus pensamentos. Sei que é hora de ir para casa. Coloco o copo sobre a bancada e caminho para minha mesa. Pego meu paletó, as chaves do carro e meu celular.

Ao pegá-lo, as luzes se acendem e meu coração perde uma batida quando leio: Ligação perdida de Helena. Ela me ligou. Arrependo-me na mesma hora de não ter atendido e ouvido sua voz.

Abro a mensagem que ela deixou gravada e ouço sua voz doce e suave deixar o alto-falante do celular. O que de tão importante ela teria que confessar? Iria me contar de seu envolvimento com o desvio de dinheiro da empresa? Não sei se quero ouvir suas desculpas.

Continuo a amando, mas a ferida que causou ainda está fresca. Preciso de mais tempo para conseguir conversar com ela sem dizer coisas das quais com certeza eu me arrependeria.

Uma semana depois...

Oliver tem feito muito por mim na Essential. Ainda mais agora que meu diretor infartou. O quadro clínico do Rodrigues ainda é complicado. Com o infarto, parte de seu coração se atrofiou, o que complicou ainda mais sua saúde.

Juliet ainda não me ligou, mas tenho notícias suas através do Oliver. Quando ela começa um projeto novo, não se distrai até que tudo esteja conforme planejou. Então não a pressiono. Sei que irá me ligar quando tudo estiver pronto.

CAPÍTULO 12

Juliet ficou tão motivada com a história que lhe contei sobre o produto, que não parava de falar. Eram tantas ideias que me perdi. Ela realmente é boa no que faz, em meia hora de conversa montou todo um cronograma de marketing.

— Helena, que história linda, você me autoriza a usá-la na campanha? — Juliet me fita com olhos pidões.

— Claro, se isso faz sentido para alguém, pode usar, sim.

— Faz todo o sentido, minha querida! Vou basear a campanha nesta história. É isso que o público quer, além do produto. A história que o envolve. E isso o torna ainda mais especial. Cria conexão com as pessoas.

— Se você diz, eu acredito.

— E gostaria de lhe pedir mais uma coisa! — Eu a olho curiosa. — Quero que seja a modelo da campanha. Acho que você tem o perfil perfeito para o que estou querendo.

— Ficou maluca, é? Não tenho tino para isso, não! — Sorrio envergonhada.

— Claro que tem! É linda, uma mulher poderosa, está com tudo em cima, mesmo já sendo mãe! Você se encaixa perfeitamente em tudo que pensei para a campanha. E o cachê não é de se jogar fora. — Ela me deixa sem jeito com tantos elogios.

O dinheiro chegaria em uma boa hora. Quem sabe eu consiga comprar as passagens para ir encontrar o Antoine.

Já faz uma semana desde que deixei a mensagem em seu celular, e nada. Sei que ele ainda está chateado comigo. Mas precisa me ligar para que eu consiga lhe explicar meus motivos de ter fugido. Quando souber de tudo pelo que passei, ele vai entender, tenho certeza.

— Eu não sei como fazer isso — respondo sinceramente para Juliet.

— Não se preocupe, terá uma equipe que a ajudará. De início serão somente algumas fotos para folders e outdoors.

— De início? Por quê? Teremos mais, além das fotos?

— Claro, faremos alguns vídeos e teremos uma entrevista com a criadora.

— Não... — interrompo-a —, aí você está querendo muito de mim.

— Helena, eu não sei o que aconteceu depois que criou este produto, mas o fato é que merece estar mais que presente no lançamento. Você precisa ser reconhecida.

— Não sei se isso é uma boa ideia. Antoine não vai gostar disso.

— Mas não precisa gostar, a empresa não é mais dele. E eu tenho carta-branca para tudo que se refere à divulgação da sua criação.

— Não sei, Juliet.

— Não precisa me responder agora, pense com carinho. Sei que será um trabalho tranquilo e muito bem remunerado. Você não irá se arrepender, tenho certeza.

— Tudo bem, prometo pensar com carinho.

Ela sorri e me olha de uma forma curiosa.

— Me permite perguntar uma coisa?

— Claro!

— Por que não contou a ele?

Eu a olho confusa.

— Não entendi — confesso e Juliet sorri sem jeito.

— Por que não contou ao Antoine sobre Antonella?

Fico tensa na mesma hora. Sei que ele já deveria saber, mas como vou explicar a Juliet todo nosso passado? Engulo em seco, encarando-a. Não sei como começar.

— É complicado... — começo.

A campainha toca. Ela continua me olhando curiosa. Peço um minuto a Juliet e vou ver quem é. Pelo olho mágico vejo Cadu. Abro a porta.

— Oi! — ele diz me estendendo um pequeno buquê de rosas coloridas. — Para alegrar seu dia. Sei que não anda muito bem esses dias.

Sorrio sem jeito, recebendo as flores.

— Entre, estou com visita na cozinha.

— Não quero incomodar.

— Você não incomoda. Venha. — Puxo-o pela mão até que esteja dentro de casa. — Vou colocar as flores em um vaso. Aceita um café?

— Não, obrigado. Passei apenas para lhe deixar as flores.

Entramos na cozinha e Juliet se coloca de pé.

— Juliet, este é o Cadu. Um amigo de longa data.

Cadu a olha lhe estendendo a mão para se cumprimentarem.

— Prazer! — ele diz.

— O prazer é todo meu. — Juliet pega a sua mão, puxando-o para dois beijos na face. — Tenho a impressão de que já o conheço.

Olho curiosa de Cadu para Juliet.

— Sou motorista de Uber, talvez já tenha corrido comigo.

— Não... Não sei lhe dizer agora, mas vou me lembrar. Sou ótima fisionomista.

— Cadu, Juliet é francesa. Esta é sua primeira vez no Brasil. — Vejo Cadu ficar sério.

— Então acho que está me confundindo com alguém.

— Pode ser. Quando me lembrar, eu lhe digo.

— Tudo bem. Preciso trabalhar, meninas. Desculpe ter interrompido o momento de vocês — Cadu fala e vejo que ficou tenso de repente.

— Tem certeza de que não quer um café?

— Tenho, sim, na verdade já estou atrasado. Preciso ir. Volto depois para o café.

— Tudo bem, vou te levar até a porta.

Na verdade, gostaria que Cadu ficasse um pouco mais para que Juliet esquecesse o assunto anterior. Mas pelo jeito ele tem um compromisso importante, pois está sôfrego para sair daqui.

— Obrigada pelas flores — digo quando ele já está do lado de fora.

— Não tem que agradecer. Eu gosto de a ver bem.

— Obrigada. — Sorrio.

Ele me dá um beijo na testa e vai.

— Nos vemos depois — diz quando já está alcançando a calçada.

Fecho a porta, e volto para a cozinha. Encontro Juliet de pé, encostada na mesa de braços cruzados. Ela me olha pensativa. Não sei o que se passa em sua cabeça.

— Então, seu amigo é muito gentil. — Acompanha-me enquanto encho o jarro de água.

— Sim, o Cadu é uma boa pessoa.

Juliet sorri. Ajeito as flores no jarro e a deixo no centro da mesa.

— A namorada dele deve ter certo ciúme de você, não?

— Ele não tem namorada.

— Então ele quer você. — Engasgo com sua afirmativa.

— Como? — pergunto constrangida.

— Ele é o motivo de você não ter se acertado com o Antoine?

— Não! — digo apressada. — Como pode pensar isso?

— É lógico, não?

— Não vejo lógica nenhuma nisso! — falo sem graça.

— Então preciso conhecer o seu lado da história. Porque vi fogo nos olhos do meu amigo quando ele olhava para você. Eu nunca havia visto o Antoine dessa forma antes. Ele com certeza a ama. Nunca superou a separação de vocês. Por que acha que ainda não se casou? Porque, vou lhe dizer uma coisa, qualquer mulher se sentiria honrada por receber apenas um olhar interessado da parte do Toine. Mas você tem tudo dele, tem o coração... Vocês têm uma filha! E, se ainda não está com uma aliança no dedo, eu preciso saber o motivo!

Juliet dispara a falar. Eu a olho estática. Não tenho respostas para todas as suas perguntas? Então, diante do meu silêncio, ela continua.

— Todos cobram do Antoine um casamento. É isso que esperam dele desde que assumiu a presidência do conglomerado Fontaine. Se ele soubesse de Antonella, tenho certeza de que já a teria arrastado para um altar e já teriam se casado. Não tem como negar isso, meu amigo ama você. Por que tem escondido a verdade dele? Toine é uma pessoa incrível. Acho que ele merece saber a verdade. Se visse a menina, com certeza desconfiaria. Ela é a cara dele!

Juliet tem razão. Eu preciso contar tudo ao Toine. Ele merece saber, independentemente dos meus medos e anseios.

— Do que tem medo, Helena?

Então resolvo me abrir com Juliet. Conto a ela toda a minha história. Desde que conheci o Toine. Ela me ouve atentamente. Não deixo de contar sobre as ameaças, o acidente com a Dalva e finalizo com a ligação que fiz ao Toine, quando Ève atendeu. Omito a última ligação que fiz há uma semana. Pois ele não me retornou.

Decerto ainda está magoado. Nada do que diz respeito a mim lhe interessa mais. É bem nesse quesito que eu discordo da Juliet. Toine não me ama. Nem sei se um dia amou. Pois do contrário, não estaria me dando esse gelo.

— Discordo de você, quando diz que ele me ama.

— Eu tenho certeza disso, Helena!

— Se realmente me amasse, teria ficado. Teria brigado comigo. Não teria aceitado a distância que impus.

— Eu não sei o que se passa na cabeça dele. Mas, como lhe disse, eu nunca vi aquele olhar apaixonado, cheio de desejo que vi quando ele olhava para você. Por que acha que fui até você no dia da posse? Eu vi o quanto o Toine estava abalado com sua presença. Nenhuma mulher mexeu tanto com o Toine quanto você.

Balanço a cabeça em negativa.

— Então por que ele vai se casar com ela?

— Com ela, quem?

— Com a Ève! Quando decidi que já era hora de acabar com todos os segredos que guardo, foi ela quem atendeu ao telefone dele. Eles estavam juntos!

— Ève... Aquela mulher é uma sarna! Se faz de santa, mas é ardilosa e é bem capaz de ter armado para conseguir atender ao telefono do Toine, sabendo que era você, só para a abalar.

— Não sei... Semana passada liguei novamente e ele não me atendeu. Deixei uma mensagem gravada, mas Toine não me retornou.

— Com certeza tem dedo daquela bruxa nisso!

Sorrio pela forma como se refere a Ève. Realmente aquela mulher é uma bruxa. Só Toine não vê.

Vou dar mais um tempo, se ele não me retornar, vou tentar uma última vez.

Algum tempo depois...

O despertador toca, mas já estou acordado. Faz alguns dias que estou com o sono perturbado. Não consigo dormir direito. Ando preocupado com a Essential. Desde que colocamos nosso plano em ação, estou ansioso. Teoricamente a empresa foi vendida. Na verdade, foi apenas desvinculada da Fontaine. Eu a vendi e eu mesmo a comprei.

Coloquei Oliver à frente para que meu nome ficasse oculto. As investigações continuam e sei que o culpado por todo o desvio está mais próximo de mim do que imaginava. E isso tem me tirado o sono.

Preciso descobrir logo quem está por trás de toda a sujeira. E colocar essa quadrilha toda na cadeia. Preciso entender a participação da Helena nisso tudo.

Sua mensagem ainda está sem resposta. Ouço-a todos os dias. Apenas para me torturar, pois sua voz é capaz de movimentar tudo dentro de mim. Meu coração chega a perder a sincronia. Helena é a dona dele e o faz bater descompassado.

O medo de ter cometido uma injustiça com ela tem me corroído. O que queria me confessar? Mesmo estando curioso, temo que esse contato possa ser o fim de tudo. E não estou pronto para isso.

— *Bonjour, mon cher!* — papai me cumprimenta assim que entro na cozinha.

— *Bonjour, papa!* Por que acordou cedo? — Há uma semana papa voltou de viagem.

— Vou com você para a Fontaine. Badeaux marcou uma reunião conosco.

— Como assim? Com nós dois? — Eu me sirvo uma xícara de café.

— Sim. Ele me ligou ontem à noite dizendo que precisava da minha presença hoje de manhã na empresa.

— Mas sobre o que é essa reunião?

— Ele disse que falaríamos pessoalmente.

Isso está estranho, papai já está afastado de todos os assuntos da empresa. O que será que Badeaux quer com ele? Coço a barba intrigado.

Terminamos nosso café e partimos para a empresa. Joseph nos leva. Chegamos ao prédio e vamos direto a minha sala. Ao entrar, eu me surpreendo com Badeaux nos aguardando.

— *Bonjour*, Fontaine! — ele se dirige ao meu pai e ignora minha presença.

— *Bonjour*, Badeaux! Estou aqui como me pediu. O que de tão importante tem a nos dizer para marcar esta reunião logo cedo?

Papa vai direto ao ponto. Ele, assim como eu, está intrigado com o assunto que Badeaux quer tratar.

— Bom, como gosta de ir direto ao ponto, não vou enrolar. Vim para tratarmos do casamento de nossos filhos.

Como? Que parte da história eu perdi? Ele só pode ter ficado maluco. Tusso quase me engasgando com a falha na respiração.

— Como assim, Badeaux? Sei que nossos filhos são amigos, talvez tenham se engraçado um pelo outro em algum momento, mas casar? Isso eles que devem resolver. Não devo interferir.

Caminho para minha mesa. Sento-me e afrouxo a gravata. Era só o que me faltava. Já não basta ter o Badeaux interferindo em tudo aqui dentro da empresa, agora vou ter que aturá-lo dizendo com quem devo ou não me casar?

Ele ouve o questionamento do *papa* e me encara, sério, agora de frente para minha mesa. Parece que agora notou minha presença. *Papa* se senta na cadeira ao seu lado.

— Bom, Fontaine. Parece que nossos filhos têm feito mais do que se engraçado um pelo outro, já que vamos ser avós do mesmo neto!

O quê? Eu ouvi isso direito?

— Do que você está falando, Badeaux? — pergunto num rompante.

Papa apenas nos assiste.

— É isso que você ouviu, garoto. Minha filha está grávida de um filho seu. E espero que seja honrado o bastante para assumir seus atos.

— Mas como isso é possível? — Passo as mãos nos cabelos.

— Você não precisa que eu lhe explique como são feitos os bebês, não é?! — O cinismo escorrendo de sua voz.

Afrouxo a gravata, pois o ar não está chegando aos pulmões. Sinto um frio percorrer meu corpo quando um flash vem a memória. Não pode ser. Devo estar tendo um pesadelo.

Acordo desorientado. Minha cabeça dói. Não me lembro de ter bebido tanto a ponto de estar nesta condição. Olho para o quarto e não o reconheço. Não me lembro de nada que aconteceu na noite anterior.

Como vim parar aqui? Viro-me na cama e dou de cara com Ève dormindo tranquilamente. Que merda eu fiz? Como posso ter passado a noite com ela e não me lembrar?

— Do que ele está falando, Antoine? — Meu pai me escrutina.

— *Papa*... Ève e eu... — Não consigo colocar em palavras o que fizemos, porque eu não me lembro do que aconteceu aquela noite.

— Diga de uma vez, garoto! Você engravidou minha filha.

— Badeaux... — o papa interfere —, deixe-me conversar a sós com meu filho. Por favor, espere lá fora.

Badeaux me lança um olhar fulminando em raiva e sai da sala. O ar está tão denso que consigo parti-lo com uma faca. Não consigo respirar direito. *Papa* percebe o quanto essa notícia me abalou.

— Meu filho, isso que ele disse é verdade?

— Pai, não sei.

— Como não sabe, Antoine?

— Ève e eu não estamos juntos. Faz mais ou menos um mês, nos encontramos na boate. Bebemos, dançamos. É tudo de que me lembro. Só que, na manhã seguinte, acordamos juntos. Eu não me lembro do que aconteceu. Não sei o que fizemos. — Passo as mãos no cabelo, sem saber o que fazer.

— Você sabe, meu filho! Você dormiu com a moça. E agora está vendo o resultado de sua irresponsabilidade. O que pretende fazer?

— Ainda estou processando a informação.

— Badeaux não vai deixar essa história de lado até ver um anel no dedo de sua filha.

Coço a barba sabendo que ele tem razão. Se antes era a vontade de Ève, imagina agora? Não conseguirei fugir desta enrascada. Se ela estiver esperando um filho meu, claro que vou assumir! Mas casar com Ève? Meu Deus! Não está nos meus planos.

— Você tem razão. Se ela realmente estiver grávida... Meu Deus... Não acredito que deixei isso acontecer! — Meus cabelos já estão desalinhados de tanto que passo as mãos por eles.

— Tenha calma, filho. Ève é uma bela mulher. É educada, culta, será uma boa esposa.

O problema é convencer meu coração de que ela será minha esposa, e não a Helena. Como convencê-lo disso?

Ainda sentado, abaixo minha cabeça em negativa, apoio-a em minhas mãos com os cotovelos apoiados na mesa. Como pude deixar isso acontecer? Sinto raiva de mim neste momento.

— Vou conversar com Ève e tirar essa história a limpo. E nós dois decidiremos o que fazer. Não vou aceitar que Badeaux imponha o casamento.

— Eu o entendo, mas também entendo o Badeaux. Se fosse minha filha, eu pensaria igual.

— Sinceramente, espero que isso tudo não passe de um engano. Não estou pronto para me casar, pelo menos não com Ève.

— Pois então se prepare. Se a gravidez for real, Badeaux não irá aceitar nada menos que um casamento. Por enquanto aceite o que ele está propondo, ganhe tempo. Até se acertar com Ève.

— Farei isso.

Ligo para Anelise e peço a ela que autorize a entrada do Badeaux. Ele torna a entrar, olha desconfiado de mim para meu pai. E então vocifera:

— Irá reparar o que fez com minha filha, não é, garoto?

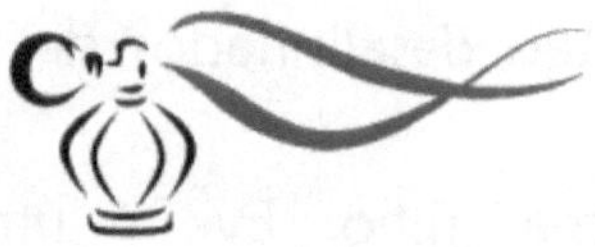

Depois da manhã tumultuada que tive, não consegui me concentrar. Meu dia foi perdido. Também pudera. Badeaux deixou uma bomba-relógio em cima da minha mesa. Como tudo isso pode ter acontecido? De uma hora para outra, minha vida está fadada à ruína.

Como pude ser tão idiota a ponto de fazer tudo o que Ève queria? Não consigo me lembrar de como cheguei a esse ponto. Aquela noite é apenas um borrão em minha cabeça. Não consigo me lembrar de nada.

Passo as mãos no cabelo, sem ver uma luz no fim do túnel. Terei que assumir Ève contra minha vontade.

No fim da tarde meu telefone toca. Atendo sorrindo.

— *Ma Pettit*! Como está? Você demorou a me ligar. Já estava pensando que havia desistido da campanha.

— Oi, meu amigo! Estou bem. E você? — ela me cumprimenta. — Desistir? O que é isso? Essa palavra não faz parte do meu vocabulário! — Ela ri divertida.

— É bom vê-la empolgada. Pois eu estou querendo sumir por uns tempos.

— Muitos problemas?

— Você não imagina o quanto! — falo desanimado.

— Então, te liguei para trazer uma boa desculpa para fugir daí um pouco.

— Como assim?

— Quero convidá-lo para o lançamento da campanha. Será daqui a três dias. Sei que não quer seu nome relacionado a Essential, mas não vejo mal algum em receber um convite do novo proprietário.

— Hum... É uma boa desculpa, para ganhar tempo.

— Ganhar tempo?

— Deixa pra lá. Apenas pensei alto.

— Tudo bem. Já enviei o convite para seu e-mail. Apenas venha. Ficarei feliz em ter você aqui ao meu lado!

— *Ma Pettit*, vou fazer o possível. Se tudo der certo por aqui, nos vemos em três dias.

— Estarei aqui torcendo por isso. Você terá uma grande surpresa!

Encerramos a ligação. Com certeza será um grande evento. Juliet não poupa esforços e dei carta-branca para que ela trabalhasse à vontade.

Resolvo ir para casa e pensar em como irei resolver esta história com Ève. Mas antes de sair peço Anelise que providencie tudo para minha viagem ao Brasil em dois dias. Será bom para encontrar Helena e ouvir diretamente dela sua confissão. No caminho de casa, resolvo ir à academia. Preciso pensar e lá é o melhor lugar.

Acabo encontrando René. Malhamos e colocamos o papo em dia.

Não sei por que fui confiar na Juliet. Devia ter dito não a essa loucura. Eu sabia que não levava jeito para essas coisas. A cada clique que o fotógrafo dá, mais retraída me sinto.

Mas fui concordar com essa doidice e agora estou aqui. Não posso mais desistir. Meu olhar desesperado encontra o de Juliet. Então ela pede um tempo para o fotógrafo.

— Você está ótima! As fotos estão um arraso!

— Literalmente um arraso mesmo, pois não sei fazer isso. Você deve ter se arrependido da minha escolha para esse trabalho. Mas eu te avisei que não levava jeito.

— Respire, Helena! Você não faz ideia do quanto está incrível! Venha, tome uma água. Tenho uma surpresa para você.

— O que é?

— Calma! Vá tomar um pouco de água, que já volto!

Faço o que ela pede. Sirvo-me um copo de água do jarro que estava em um carrinho com alguns petiscos e

121

frutas. Belisco algumas uvas. Faço exercícios de alongamento tentando eliminar a tensão que tudo me causa. Volto para a posição no cenário que foi montado para as fotos e filmagens.

O fotógrafo prepara a lente em minha direção e volta a disparar. Então ouço a voz de Antonella, antes de visualizá-la. O estúdio está escuro e apenas o cenário está iluminado. Vejo-a quando corre em minha direção e me levanto, apressando-me ao seu encontro. Ela pula e a seguro entre meus braços, rodopiando as duas como se estivéssemos em nossa casa.

E por um momento esqueço onde estou e relaxo. Converso com Antonella. Ela olha curiosa, andando por todo cenário. Até que se senta onde eu estava momentos antes. O fotógrafo sugere que Antonella passe o creme em mim.

Eu me sento de frente para Ella e deixo que ela passe o produto em minha face. Quando acaba, pego um pouco do creme e passo em seu nariz. Ela sorri, passo um pouco em seus braços e Ella aproxima de seu nariz para sentir a essência que exala em contato com a pele.

— Tem cheiro de verão! — ela diz.

— Sim, meu amor! — Sorrio. — Tem cheiro de verão com o frescor da primavera.

Temos o nosso momento. Mãe e filha. Nós duas aqui, nos divertindo e acarinhando, como se estivéssemos sozinhas. Até que o fotógrafo fala:

— Já temos o suficiente. Obrigado, Helena.

A luz de todo o estúdio é acesa, lembrando-me de onde estou e qual o propósito de tudo isso.

— Vocês foram incríveis! — Juliet se aproxima de nós com Carla ao seu encalço.

— Meu Deus! Esqueci completamente que estávamos sendo fotografadas. — Coloco as mãos sobre o rosto.

— Foi por isso que essas últimas fotos ficaram incríveis! Vocês agiram naturalmente. E era isso que eu queria passar ao público.

— Lena, desconhecia esse seu lado modelo. Você arrasou, garota! — Carla fala animada.

— Imagina, estava mais perdida que tudo. Não sabia como agir. Acabei ficando engessada.

— Depois da edição, você verá como fez um bom trabalho.

— Com certeza darei muito trabalho para a edição. — Todas riem da minha descrença.

— Agora, que tal sairmos para comemorar? — Juliet sugere.

— Pode ser em uma pizzaria? — Antonella pergunta. — Faz um tempão que não comemos pizza, né, mamãe? — Ela me encara com olhos pidões.

A última vez que comemos pizza foi com o Antoine na cobertura do hotel onde ele ficou hospedado.

— Se todas concordarem, eu não me oponho — Juliet completa.

— Conheço uma pizzaria aqui perto que é maravilhosa — Carla sugere.

— Então iremos à pizzaria!

— Oba! — minha filha vibra animada.

Hoje é o dia do lançamento da campanha da Juliet, e estou incrivelmente ansiosa. Ela guardou tudo em segredo, afirmando que seria uma surpresa. Isso só aumentou minha apreensão. Tenho receio de não estar à altura das suas expectativas.

Juliet mencionou que haveria uma grande surpresa esta noite. Ela me pediu para preparar um discurso, assim como fizemos juntas para apresentar o produto. Sendo assim, elaborei um texto. No entanto, agora estou insegura se ficou realmente bom.

O dia todo fiquei sentindo aquele frio na barriga. Não consegui me distrair. Se não tivesse feito as unhas, com certeza as teria roído. Carla virá me ajudar com o cabelo e a maquiagem.

— Mamãe, veja como estou! — Antonella entra no quarto usando o vestido que ganhou da Juliet.

— Você está uma verdadeira princesa! Venha aqui, vou passar um pouco da minha colônia em você.

— Aquela que você não me deixa usar nunca?

— Sim. Hoje é um dia especial, então vou abrir uma exceção.

— Amo esse seu perfume. Foi você quem fez?

— Sim, eu e seu pa... — interrompo minha fala antes que fale demais.

— Você ia dizer meu pai? — Seus olhinhos brilham em expectativa.

Minha filha é uma menina esperta e sempre que ela quis saber sobre o pai lhe dei explicações vagas. Eu sabia que, à medida que crescesse, seus questionamentos seriam mais abundantes e diretos. Eu já esperava que a qualquer momento ela me questionasse sobre a sua identidade. E não poderia mais fugir.

— Sim, minha querida. Eu e seu pai criamos juntos essa essência.

— Então ele é químico igual a você?

— Sim, minha querida, ele é. Mas hoje é muito mais que isso!

— Onde ele está? Por que não gosta de mim?

Meu coração se aperta ao imaginar o que passa em sua cabecinha. Com certeza pensa que foi rejeitada pelo pai.

— Venha aqui. — Bato no colchão. — Sente-se ao meu lado. Quero lhe contar um pouco da minha história.

Ela faz o que peço e se acomoda ao meu lado na cama. Viro-me de forma que fico de frente para ela.

— Eu conheci seu pai na escola. Rapidamente nós nos tornamos amigos. Ele é uma pessoa incrível. E aos poucos fomos nos apaixonando. Até que precisou ir embora. Foi aí que eu descobri que você já estava em minha barriga. Mas ele já havia viajado. O tempo passou, não tive a oportunidade de lhe contar.

— Ele não sabe de mim?

Nego com a cabeça.

— Ele não sabe.

Vejo sua carinha ficar triste.

— Você vai contar?

— Vou, sim. Ele precisa saber que é pai da menina mais linda!

— Eu posso ir junto?

Sorrio com sua expectativa.

— Para contar, eu preciso ir sozinha, mas, se ele quiser, posso trazê-lo para conhecer você.

— E se ele não quiser? — Ela fica preocupada.

— Aí quem vai perder é ele. Pois vai deixar de conhecer a menina mais legal que eu conheço. — Dou-lhe um abraço apertado. — Mas não se preocupe com isso agora. As coisas vão se ajeitar e tudo vai ficar bem.

— Tá bem. — Ela sorri.

— É aqui que pediram uma maquiadora? — Carla entra no quarto com sua maleta, secador, prancha e babyliss.

— Nossa, como demorou! Achei que tinha desistido de vir.

— Menina, fui deixar a dona Luzia pronta para o forró. — Carla sorri. — O Zezinho da mercearia a convidou para sair.

— Que legal! — digo animada. — Dona Luzia merece ser feliz!

— E ela está! Desde o dia em que eles se juntaram para arrumar as coisas para a adaptação da Dalva que não param de conversar.

— Isso é muito bom!

— Sim! Minha mãe andava muito jururu. Agora não vai nem à padaria sem passar um batom. A mulher se reergueu novamente.

— Fico feliz por ela.

Antonella sai e vai rumo ao quarto da Dalva. Carla começa seu trabalho. Depois de quarenta minutos, fico pronta. Mal me reconheço ao olhar no espelho. Ela cacheou meus cabelos, que descem nas costas como uma cascata negra. Fez uma maquiagem sóbria e elegante. Destacou mais os olhos, o que fez realçar sua cor. O vestido vermelho me deixou com cara de mulher fatal.

— Trouxe esse salto prata para você. Imaginei que ficaria melhor do que o preto.

— Deixe-me calçar. Aí podemos ver qual fica melhor. — Ela me entrega os sapatos, coloco apenas um pé de cada. — Tem razão. A prata ficou mais elegante.

— Eu sempre tenho razão! — Atiro uma almofada nela.

— Convencida! Agora corra e se arrume! Não posso chegar atrasada.

— Fico pronta em quinze minutos. Pode chamar o carro.

— Está bem.

Logo hoje o Cadu está fora da cidade. Suas caronas seriam muito bem-vindas agora.

Quarenta minutos depois estamos descendo do carro de aluguel em frente à Essential. Um frio percorre a minha espinha. A última vez que vim aqui foi quando recebi minha demissão sem muitas explicações.

Hoje eu estou aqui como convidada. Entrarei pela porta da frente. Assim que descemos do carro, somos recebidas por duas mulheres elegantes, vestidas em terninhos pretos. Elas nos direcionam ao salão de convenções.

O lugar está lindamente decorado. Um telão foi montado logo acima do palco para que seja projetado o comercial. As pessoas chegam, o lugar começa a ficar cheio. Logo estará lotado.

Saí da empresa com minha viagem acertada. Em dois dias estaria no Brasil. Aproveitaria esse tempo para decidir o que fazer em relação a Ève. Sei que seu pai espera que eu me case com ela, mas não farei isso se não tiver certeza de que conseguirei manter nosso casamento.

Pode soar antiquado, mas casamento para mim é "até que a morte nos separe". Por esse motivo, eu me casarei somente quando tiver certeza da minha decisão.

Chego em casa e vejo o *papa* na sala. Estranho sua presença aqui. E quando entro no ambiente, percebo que não está sozinho.

— *Mon coeur*! Estava esperando-o. — Ève me vê assim que entro no cômodo.

— A que devo a honra da sua visita? — falo mais rude do que pretendia.

— Vim vê-lo. Não posso mais sentir saudades? — Ela pisca tentando ser sedutora.

— Pode, sim, mas deveria ter me avisado, que lhe diria para vir outro dia. Acabei de chegar da empresa, estou cansado e louco para tomar um banho.

— Eu posso ajudá-lo com isso! — Meu pai se engasga no sofá. Repreendo-a com o olhar. — *Mon coeur*, todos já sabem o que fizemos, isso não é mais um segredo só nosso.

Meu pai dá uma risadinha sem jeito e se levanta.

— Estarei no escritório caso precisem de mim. — Ele sai da sala deixando-nos as sós.

— *Ma chèrie*, você não entendeu direito. Acabei de chegar, estou cansado, quero ficar sozinho. Estou com a cabeça cheia e não quero ser rude com você.

— Mas eu pensei que agora... — ela passa as mãos na barriga — nós passaríamos mais tempo juntos. Afinal, seremos uma família.

— Ève, eu não sei como chegamos a isso. Não vou tomar nenhuma atitude precipitada simplesmente porque você disse que está grávida. Se isso se confirmar, eu vou assumir a criança. Ela terá um pai presente. Pode ter certeza disso...

— Espera ... — ela me interrompe —, está insinuando que inventei esta gravidez?

— Não destorça o que falei, Ève.

— Você disse claramente que se isso se confirmar... — Ela bufa de raiva. — Para início de conversa, "isso" é seu filho. E, se você quer uma confirmação, aqui está o resultado do exame de sangue que eu fiz. — Retira um envelope da bolsa e o atira em mim.

Ele cai aos meus pés e eu me agacho para pegar. Abro-o lentamente e confirmo o resultado. Positivo. Ève estava realmente grávida.

— Tudo bem. Você está grávida. Mas tem certeza de que esse filho é meu? Porque não me lembro de... — Aponto de mim para ela. — Ah... Você sabe! Não me lembro de nós dois fazendo esse bebê.

— Antoine, você está me deixando nervosa e uma grávida não pode se aborrecer. Espero que se desculpe. Não imagino que desconfia de mim. Logo eu, que rastejo aos seus pés desde que fiquei adolescente.

— Tudo bem, Ève. Desculpe, mas não espere que eu lhe peça em casamento por causa dessa gravidez.

— Mas, Antoine... Não quero ter nosso filho sozinha.

— Você não estará sozinha. Estarei ao seu lado todo o tempo que precisar, mas casamento, não! No mundo de hoje não é uma gravidez que segura um homem, já devia saber disso.

— Você é um grosso! Não vou ser uma mãe solteira! Eu quero uma família. Quero que meu filho more comigo e com o pai. Não quero que ele fique um fim de semana aqui e outro lá. — Eu a deixo desabafar.

— Bom... Se você queria tudo isso, deveria ter feito as coisas na ordem certa.

— Babaca!

— Eu que sou babaca agora! Não me lembro de tê-la seduzido. Não me lembro de convidá-la para minha cama. Pelo contrário, quantas vezes tive que expulsar você dela?

Quando dei por mim, o estrago já estava feito. Ouvi o estralo e senti o ardume ao mesmo tempo que ouvi o estralo. Ève me acertou em cheio. Levo a mão ao rosto na tentativa de aliviar a dor. Minha paciência está totalmente zerada. Se permanecer mais um minuto aqui na presença dela, certamente perderei a compostura.

— Ève, minha querida. Vejo que não chegaremos a um consenso hoje. Essa notícia me pegou desprevenido. Não quero seu mal, apenas não concordo com o casamento.

— Você vai deixar seu filho crescer sem pai? Porque, sem casamento, você não o verá. Eu juro, Antoine. Eu me mudo de país e você nunca mais terá notícias de seu filho.

— Ève, não é com chantagem que vamos chegar a um acordo. Seu filho não é moeda de troca. Estou de viagem marcada. Quando retornar, conversaremos novamente. Até lá tente se manter calma para não prejudicar o bebê.

— Para onde você vai?

— Tenho negócios a resolver no Brasil.

— Para o Brasil? Mas você vendeu a empresa brasileira.

— Sim, eu vendi. Mas tenho outros negócios no país e preciso ir resolver.

— Vai vê-la, não é?

— Ver quem, Ève?

— A brasileira. Pensa que não reparei em como a olhava? Quem é ela, Antoine? É por causa dela que não quer me assumir? — volta a se exaltar.

— Não sei do que está falando, Ève.

— Estou carregando seu filho aqui em meu ventre e você vai sair correndo atrás daquela mulher?

— Não tem mulher nenhuma, Ève. Estou indo a uma viagem de negócios. Vou aproveitar esses dias para pensar em nós. Quando voltar de lá, conversaremos.

— Tudo bem, *mon coeur*. Eu vou esperar. Sei que não vai querer seu filho longe. Seu pai disse que está muito feliz com o neto que irá ganhar.

Aromas de Amor

Respiro fundo. Ève vai levar essa ideia de casamento até as últimas consequências. Eu a subestimei quando me disse que esperaria por mim. Que eu seria apenas dela. Preciso pensar como resolverei esse problema sem levá-la ao altar.

Ela vai usar todas as armas que tem. Meu problema está apenas começando.

— Se estamos entendidos por agora, peço licença. Eu realmente estou cansado e preciso tomar banho. Quando voltar, ligo para conversarmos e acertarmos nossos acordos.

— Se é assim que você quer, *mon coeur*, eu o esperarei. Tenho certeza de que vai pensar bem enquanto estiver viajando. — Ela se aproxima de mim com uma calma exagerada, como se há pouco não tivéssemos discutido.

Ève me dá um beijo nos lábios.

— Despeça do seu pai em meu nome. Nos vemos em breve!

Dito isso ela pega o envelope do exame que deixei em cima do aparador, coloca de volta na bolsa e *se vai*.

Três dias depois em São Paulo...

O dia já se finda no horizonte. Ainda estou com o fuso horário bagunçado. Cheguei ontem e me hospedei no mesmo hotel em que a Juliet está. Não consegui ficar no mesmo que da outra vez. Ele guarda muitas memórias, as quais estou lutando para esquecer.

Confiro o relógio pela terceira vez consecutiva, as horas não passam. Estou ansioso com a apresentação de hoje. Juliet disse que haverá uma grande surpresa, não faço ideia do que aquela maluca preparou.

Amarro os sapatos e me coloco de pé. Ligo para o Mário, meu motorista, e ele me confirma que já me aguarda em frente ao hotel.

Alguns minutos depois estou entrando na Essential. Ainda me sinto mal ao me lembrar do dia em que Oliver me revelou a traição de Helena. É difícil acreditar no envolvimento dela em tudo que aconteceu.

— Toine! — Juliet grita ao me ver. — Aqui, venha!

Caminho ao seu encontro, o salão está decorado com as cores da embalagem do creme que vai revolucionar o mercado de estética. Alguns folders se encontram cobertos. Com certeza serão revelados no momento certo.

— *Ma pettit!* Que saudades! — Dou-lhe um abraço. — Vejo que trabalhou duro. — Aponto ao redor.

— Na verdade, eu me diverti muito fazendo esse trabalho. Espero que goste, pois, a meu ver, ficou perfeito. Com essa campanha o produto vai esgotar nas prateleiras muito antes do previsto.

— Isso é bom!

— Venha, vou lhe mostrar seu lugar. Oliver já deve estar chegando para lhe fazer companhia.

— E você? Não vem ficar comigo?

— Mais tarde me junto a vocês. Agora preciso checar se está tudo conforme planejei. — Ela me leva entre as fileiras de cadeiras e me coloca em uma posição privilegiada para o telão.

— Aqui. Este é o lugar que separei para você. Oliver se sentará ao seu lado.

— Tudo bem. E esta fileira à frente? Está separada para quem?

— Para a estrela da campanha. Logo você a verá.

Sem me dar tempo para mais questionamentos, Juliet sai pela lateral, sumindo atrás do palco.

Observo o salão se enchendo, fico curioso porque a fileira a minha frente continua vazia. Quem será a modelo que trabalhou para a campanha?

— Antoine, boa noite! Que bom que está aqui! — Oliver me cumprimenta, sentando-se ao meu lado.

— Não tive como negar um convite da Juliet. Você a conhece, sabe como ela consegue o que quer de mim.

— Sei bem. Ela tem aquele jeitinho meigo, mas é uma verdadeira leoa quando se trata do seu trabalho. A mulher é fera!

— Sim. Tenho certeza de que esta campanha será fantástica.

Ele concorda com a cabeça.

— Isto aqui está demais! Juliet não mediu esforços.

— Ela própria já é um evento! — Sorrimos os dois. — E, quanto àquele assunto, como estamos nas investigações? Conseguiu algo novo?

— Estou de olho. Por enquanto tudo está muito tranquilo. Nenhuma movimentação suspeita. Nada aqui nem em Paris. Continuo seguindo os passos da Helena. Também nada que pudesse comprometer...

O simples sonorizar do nome dela me causa uma comichão no estômago. Não consigo ouvir a conclusão da fala do Oliver. Meu pensamento corre para ela. Eu quero encontrá-la para conversarmos, preciso entender tudo que aconteceu. Necessito ouvir o que tem a me dizer.

— Você não acha, Antoine? — Oliver me traz de volta.

— Como? — Olho sem graça para ele.

Mas, antes que repita a pergunta, as luzes começam a piscar. O jogo de flashes de LED faz desenhos por todo o salão. A música *Beautiful Life*, de Ace of Base, vibra nos alto-falantes. De repente tudo fica escuro.

O telão é iluminado, a logo da Essential aparece e na sequência a foto do produto em sua linha de produção, até que sai da esteira embalado. O filme acaba e Juliet aparece no meio do palco.

— Boa noite a todos os presentes! Hoje estamos aqui para o lançamento da campanha do Crème de La Vie. Convido a todos a assistirem comigo ao vídeo que estará em todos os canais de televisão ao redor do mundo. — Todos aplaudem.

Juliet vem se sentar ao meu lado. Ela me olha curiosa enquanto o vídeo começa. Viro-me para a tela e meus olhos se prendem nas imagens que surgem a minha frente.

Helena... Linda, perfeita com Antonella. As duas parecem brincar enquanto uma passa o creme na outra. A imagem se sobrepõe à do produto sendo retirado de sua embalagem. Como se as duas imagens fizessem parte uma da outra. A câmera fecha a imagem no sorriso jovial de Helena.

Meu coração pula no peito como se quisesse sair pela boca. Tento não demonstrar o quanto vê-la ali mexe comigo. Eu não queria desejá-la o quanto desejo. Helena é a razão de tudo de bom que tem dentro de mim.

Somente ela consegue alcançar o verdadeiro Antoine. Nem mesmo as pessoas mais próximas me conhecem na totalidade. Somente com Helena eu consigo ser inteiro. Sinto falta de ser inteiro. Eu preciso dela.

Então me dou conta de que é Helena que eu quero. Mesmo ela tendo me decepcionado. É ela. Não vou deixar Ève desamparada, mas não posso me casar com ela enquanto é Helena que eu quero. É Helena que vai trazer meu coração de volta.

Sem ela sou apenas uma sombra. Preciso dela para ser inteiro. Somente com ela posso viver a felicidade na sua totalidade.

Diante dessa realidade, um sorriso genuíno deixa meus lábios. De soslaio vejo que Juliet me observa. Do outro lado, Oliver balança a cabeça em negativa. Com certeza ele também foi pego de surpresa com a modelo escolhida por Juliet.

O vídeo se encerra e outro começa. Agora Helena está sozinha, sentada em um banco alto. Apenas ela e um folder do Crème de La Vie. Sua voz doce alcança minha audição.

— Quando comecei minha pesquisa, eu queria um creme que ajudasse as mulheres a se sentirem mais bonitas, mais cuidadas. Eu queria que elas se sentissem amadas. Então dediquei todo meu conhecimento para criar tudo isso em um potinho.

As pessoas sorriem, ela sorri. E meu coração, que já estava acelerado, perde uma batida. Então volta a falar.

— Usei a Tecnologia Celular Aplicada e pesquisa com células-Tronco da Universidade de Leipzig. De início, era para ser apenas um creme antienvelhecimento, desses que a gente encontra no mercado. Mas quando finalizei, eu vi que ele era mais do que isso.

Um burburinho toma conta de todo o salão. Estou curioso para ouvir a história por trás do produto. Helena não teve tempo de me contar.

— Muitos testes foram feitos. Então percebemos que, de um simples creme rejuvenescedor, criamos um produto que, além de cicatrizar a pele eliminando em quase cem por cento a cicatriz de queimaduras de terceiro grau, retarda seu envelhecimento.

Agora o burburinho se torna mais alto.

— Estamos diante de um dos produtos mais revolucionários do setor desde 1994. O que me deixou mais feliz foi ver o resultado dos testes que foram feitos em pacientes diabéticos. A cicatrização de suas feridas foi acelerada em cinquenta por cento.

Agora todos comentam. O vídeo é pausado.

— Eu não sabia desses detalhes — disse me dirigindo a Juliet.

— Imaginei que não. Espero que não se chateie por eu ter convidado a Helena para nos contar tudo sobre o processo. Achei tão lindo, ela passou tanto carinho ao falar do produto que não encontraria outra pessoa para transmitir tamanha emoção ao falar do *La Vie*.

— Você tem toda razão. Ficou... — Eu queria qualificar com todos os adjetivos possíveis, mas não poderia me entregar dessa maneira.

— Incrível — Juliet completa para mim.

— Sim. Tudo ficou incrível.

O burburinho foi se acalmando e Juliet voltou ao palco.

— Imagino que todos estão tão surpresos quanto eu fiquei, ao ouvir a responsável pela criação deste produto nos contar o que até agora poucos sabiam... Vou convidá-la a subir aqui e terminar de dizer o que está no vídeo...

Fiquei tão distraído que nem percebi que as cadeiras a minha frente haviam sido preenchidas. As luzes então são acesas. E, dois assentos ao lado, Helena se levanta, caminhando em direção ao palco.

Sinto um tremor interno. Ela está aqui. Tão perto e ao mesmo tempo tão longe.

CAPÍTULO 16

Juliet me deixou em um camarim até a hora em que todo o salão já estava lotado. Eu estava nervosa. Hoje todos saberão que fui eu quem criou o produto que promete revolucionar. Um frenesi toma conta do meu interior.

O que será que Antoine vai achar dessa loucura da Juliet quando souber? Ainda bem que ele está na França. Na verdade, não sei por que estou tão preocupada com sua aprovação. Como Juliet disse, ele não é mais o dono da empresa.

Não devo me preocupar, tampouco ficar nervosa. Ele deve estar se lixando para tudo que diz respeito a mim e à Essential.

Assim que as luzes são apagadas e um trançar de luzes neon coloridas cruza o salão, uma música eletrizante deixa todos em expectativa.

Juliet nos conduz aos nossos assentos. Uma fileira toda foi reservada a mim e meus convidados. Como dona Dalva achou que daria muito trabalho, resolveu ficar em casa. Assim meus convidados se resumem a Carla e Antonella.

Aromas de Amor

Cadu viajou, dona Luzia saiu para o forró. Restando apenas nós três.

Juliet assume o palco e dá início ao vídeo editado com os momentos que eu e Antonella gravamos no estúdio. A edição ficou linda. Realmente a amiga de Antoine tinha razão. A mensagem que o vídeo passa é justamente a que o produto representa.

Ele traz vida, renovo, esperança de dias melhores. Expectativa de cura, confiança em um futuro melhor. Trazendo para fora a essência que cada um guarda dentro de si.

Quando somente a minha imagem toma conta do telão, sinto minha face esquentar. Neste momento deixo de ser uma pessoa anônima para me tornar a criadora deste produto que traz a promessa de regeneração celular.

Então o vídeo é pausado e Juliet volta ao palco.

— Imagino que todos estão tão surpresos quanto eu fiquei, ao ouvir a responsável pela criação deste produto nos contar o que até agora poucos sabiam... Vou convidá-la a subir aqui e terminar de dizer o que está no vídeo. Tê-la aqui conosco e poder ver o brilho em seus olhos será uma experiência ainda mais profunda. Helena, por favor, venha até aqui.

Meu Deus, isso não estava combinado. Juliet perdeu o juízo. Como ela faz isso comigo? Se eu não for, a vergonha será ainda maior. Então, mesmo com as pernas tremendo, caminho para o palco. Duas poltronas foram colocadas no centro.

Juliet me recebe na pequena escada, oferece-me uma poltrona para que me sente e se senta na outra. Ela me olha com divertimento, pois sabe o quanto estou nervosa. Eu a olho com suplica no olhar.

— Por que você fez isso? — cochicho enquanto me sento.

Ela apenas me olha e sorri, como se estivesse tudo bem.

— Helena, minha querida, o vídeo está lindo, mas poder contemplar seus olhos brilhando ao descrever o Crème de La Vie pessoalmente é muito melhor.

Sorrio de nervoso. Não sei o que dizer, minhas mãos estão suando.

— Bom, gostaria que você falasse um pouco do milagre que é este creme.

— Boa noite a todos! É uma alegria muito grande poder falar do que representa este produto. Ele é um sonho que nasceu na faculdade quando comecei meus estudos. E se tornou meu projeto de mestrado.

Todos a aplaudem.

— Gostaria de corrigi-la, querida Juliet. Este produto não se trata de um milagre, pois temos explicações científicas para o efeito que ele causa na pele.

— Gostaria de nos explicar um pouco? — Juliet me desafia.

Fulmino-a com o olhar. Minhas pernas estão tremendo.

— Não existem ingredientes milagrosos. O que acontece com esse produto é que ele causa uma reativação na comunicação intracelular, restaurando a capacidade regenerativa da pele. Esse produto respeita a fisiologia da pele, por isso a solução que traz não é temporária. É, sim, um investimento de saúde a longo prazo.

— Eu não disse, pessoal? Essa mulher é um arraso!

Novos aplausos explodem no ambiente. Dou uma olhada em busca de Antonella, mas outro olhar tão parecido com o dela encontra o meu. Meu sangue congela na veia por um instante, para voltar a circular com mais força e velocidade, fazendo tudo dentro de mim entrar em colapso.

Antoine... Ele está aqui. Como assim? Seu olhar sustenta o meu. Não consigo ler sua reação. O que estará pensando ao me ver dentro de sua empresa, falando com tanta propriedade de um produto que lhe pertence? Não, espera, ele não é mais o dono da Essential. Não pode interferir em nada, não é?

— Meus queridos, temos amostra do produto nas duas mesas laterais, bem como um folder explicando todos os benefícios do Crème de La Vie.

As pessoas começam a se levantar.

— Viu só? Você conseguiu, como eu disse que faria. Não foi tão difícil, foi?

— Você não faz ideia do alvoroço que está aqui dentro. — Aponto para meu peito. — Por que não me contou que ele estaria aqui?

— Por que eu faria isso? Para lhe dar ainda mais motivos para fugir? — Ela sorri.

— Eu gostaria de ter tido a opção.

— Deixa de ser dramática, Helena. — Ela me olha desafiadora. — Você não queria a oportunidade de estar frente a frente com ele para contar tudo que precisa? Pois bem, eu consegui trazê-lo até você.

Agora que ele está aqui, não tenho mais desculpas, preciso reparar o passado e impedir que a história se repita. Fico sem reação ao vê-lo caminhando em nossa direção.

Não deixo de observar o advogado que me demitiu ao seu lado.

Engulo em seco, pois não sei o que fazer nem dizer. Juliet parece se divertir com meu embaraço.

— Fique tranquila, ele não fará nada com você.

— Então devo respirar aliviada — respondo a ela sarcasticamente.

— Helena... — sua voz rouca e cheia de significado chega aos meus ouvidos, ecoando em minha cabeça. Causando aquela confusão que somente ele consegue. Alcançando lugares que eu nem imaginava que existiam dentro de mim. Como senti falta de ouvir sua voz. — Que surpresa vê-la envolvida de forma tão atuante na campanha!

— Antoine, que bom que está de volta. A responsável por tudo isso é Juliet. Confesso que recusei várias vezes, mas ela não me deixou declinar.

— Sei como ela sabe ser convincente quando quer.

Sorrio.

— Toine! — Antonella corre até ele e faz o que eu fantasiei esse tempo todo, ela pula em seus braços.

O movimento o pega de surpresa e Antonella quase o derruba.

— Oi, mocinha! Como você cresceu! Já está quase do meu tamanho — ele diz com ela presa em seus braços.

— Faço dez anos semana que vem — Antonella responde sorridente.

Quando ele a deposita de volta ao chão, posso contemplar mais uma vez os dois tão próximos.

— Me desculpe, mas, quando ela viu o Antoine aqui com você, eu não consegui segurá-la mais — Carla diz ao se aproximar de mim.

— Não tem problema. Eu já me afeiçoei a essa garotinha linda! — foi o Antoine a responder.

Antonella continuava abraçada a ele pela cintura. Juliet admira o momento pai e filha e o advogado olha assustado para a cena, com certeza já desconfiando do meu segredo. Ainda bem que Antoine não desconfia de nada, do contrário já teria tirado minha filha de mim.

— Venha, Antonella, vamos deixar que os adultos conversem, enquanto nós duas vamos aproveitar aquela mesa cheia de comida gostosa. — Juliet aponta para uma porta onde parece haver um coquetel. — Me acompanha, Oliver?

Ele a olha sem entender o convite, mas acaba aceitando.

— Eu vou com vocês — Carla anuncia assim que eles começam a sair. — Não resisto a uma mesa de comidas.

Sorrio ao ouvir a desculpa esfarrapada de todos eles ao sair e me deixar sozinha com o Antoine. Mas o sorriso logo vai murchando quando percebo o olhar dele sobre mim.

— Quando chegou? — pergunto para quebrar o gelo.

— Ontem — responde somente.

— Ah... — digo debilmente.

Ficamos em silêncio apenas nos encarando. Por um instante nada mais importa. Somos ele e eu, tudo sumiu ao nosso redor. Eu ouço apenas nossas respirações. Enquanto a dele é calma e compassada, a minha mostra meu total descontrole em sua presença.

Ele levanta uma das mãos e retira uma mecha de cabelo que cai sobre meu ombro. Apenas como desculpa para me tocar. E, no momento em que isso ocorre, sinto aquela energia circular por todo meu corpo. Todos os meus poros reconhecendo sua pele, seu cheiro, sua presença.

— Precisamos conversar — declara.

— Sim. Eu preciso lhe dizer muitas coisas... — Ele me cala com seu indicador sobre meus lábios.

Novamente aquela fagulha reacendendo todo o amor adormecido em meu peito. De repente sinto uma pontada no ventre. Ainda é cedo para sentir o bebê se mexendo, mas parece que até ele reconhece o Antoine.

— Teremos tempo para tudo que queira me dizer, mas agora eu quero fazer isso.

Antoine assalta minha boca com sede, como se sua vida dependesse disso. Eu me assusto, pois estamos em público, mas cedo ao seu beijo. A sensação de pertencimento, por mais que eu queria negar, não posso. Não há outro beijo, outro cheiro, outro corpo. É ele. Sou dele.

Sinto seu corpo relaxar à medida que nosso beijo acontece. Ele também está tenso. Não sou somente eu que fico abalada com sua presença. Ele também se agita com nossa aproximação. Como dois corpos que, ao se aproximarem, mudam toda a estrutura a sua volta. Isso seria o mais próximo que a física conseguiria explicar sobre quando estamos juntos.

— Senti falta disso — ele confessa.

— Eu também. — Seus braços me apertam mais contra seu corpo.

— Vamos ficar assim para sempre — sussurra em meu ouvido fazendo-me arrepiar toda.

— Primeiro preciso lhe contar muitas coisas... — Ele me dá um selinho.

— Vamos conversar, mas não hoje. Teremos tempo.

Concordo com a cabeça. Ele pega minha mão e me puxa para caminharmos ao encontro dos outros.

Ter Helena aqui, ao alcance de minhas mãos, me traz uma paz que há tempos eu não sentia. Quando estou com ela, tudo que aconteceu se torna tão pequeno que me arrependo de ter ido embora. Deveria ter ficado e esperado que ela acordasse depois do acidente, confrontando-a.

Pelo menos agora eu estaria livre de Ève. Mas não, fui orgulhoso e acabei trazendo-a de forma definitiva para minha vida. Eu estou decidido. Se Helena aceitar que serei pai de um filho com Ève e quiser embarcar comigo, vou assumi-la e nos casaremos o mais rápido possível.

Não consigo ver minha vida sem Helena. Na verdade, não sei como consegui chegar até aqui sem ela. Sua presença me traz uma tranquilidade, e ao mesmo tempo uma vivacidade, que me torna capaz de enfrentar o que for preciso para ficarmos juntos. Até mesmo uma briga com o Badeaux.

Seguro-a pela mão e caminhamos para o salão ao lado, onde um coquetel está sendo oferecido aos presentes. Ao caminharmos observo os folders com a imagem de Helena. Ela realmente se encaixou perfeitamente na campanha.

— Você ficou linda nas fotos. — Aponto para uma delas.

— Achei uma loucura da Juliet. Ainda não me acostumei à ideia de ver minha cara estampada em propagandas.

De repente me dou conta de que outros também a verão. Ciúme me corrói por dentro, mas tento não demonstrar. Faço uma nota mental de questionar Juliet sobre essa ideia de colocar Helena tão exposta.

— Ali, eles estão ali. — Helena aponta para uma mesa à esquerda.

Nós nos juntamos ao grupo. Conversamos, rimos e temos um tempo agradável. Antonella conta como achou interessante o vídeo que gravou com a mãe. Diz que agora é uma modelo.

— Você consegue deixar Antonella com a Carla e vir comigo esta noite? — falo próximo ao ouvido de Helena para que somente ela escute.

Ela me dá um sorriso que faz meu coração errar a batida.

Juliet se aproxima de nós.

— E aí? O que achou da campanha? Minha modelo foi aprovada? — pergunta para mim, e vejo Helena saindo.

— A campanha ficou perfeita. Helena se encaixou bem na mensagem que você quis passar. Mas...

— Mas o quê?

— Helena ficou muito exposta, não acha?

— Vejo uma pontinha de ciúmes nesta fala? — tira sarro da minha cara.

— Antoine, não sabia que viria. Por que não me contou? — Oliver se junta a nós.

— Decidi em cima da hora. Poucas pessoas ficaram sabendo da minha vinda.

— Espero que esta aproximação com a Essential não estrague nossos planos.

— Que planos são esses? — Juliet me olha curiosa.

— Quando tudo acabar, eu lhe conto. Por enquanto, quanto menos souber, melhor é para todos.

— Quanto mistério... Espero que não seja nada sério.

Sirvo-me de um copo com água e observo Helena conversar com sua amiga, provavelmente pedindo que fique com a menina. O que faz meu coração se acelerar.

— É sério, mas já estamos com tudo sob controle. — Oliver me olha apreensivo.

Será que ele descobriu algo que ainda não me contou?

— Sabe de algo que ainda desconheço?

— Vamos conversar sobre isso amanhã. Acho que aqui não é o melhor lugar para falarmos desse assunto.

— Certo. Vamos marcar uma reunião amanhã após o almoço. Tudo bem para você?

— Por mim está ótimo.

Despeço-me deles e me aproximo de Helena.

— Podemos ir embora?

— Sim, Carla vai ficar com Antonella para mim e já pedi a Juliet que as deixe em casa.

— Perfeito.

Ela se despede das meninas e vem comigo. Tudo que eu mais quero neste momento é ter Helena e mais nada. O mundo pode até desaparecer, pouco me importa. Quando estamos juntos, não falta mais nada.

— Para onde vamos?

— Para o hotel. Precisamos acertar nossas diferenças e lá não seremos interrompidos. Teremos privacidade para nossa conversa.

Ela concorda com a cabeça.

Fazemos o percurso até o hotel em silêncio. Não poderíamos começar um assunto que com certeza será demorado. Para ficar com Helena, preciso que não haja segredos entre nós. Ela quer me confessar algo e eu preciso abrir o jogo com relação a Ève.

Subimos para a cobertura e assim que entramos a sinto tensa. Sei que sua abordagem não será fácil. Afinal ela me deve muitas explicações. Mas estou disposto a ouvir sem tirar minhas conclusões, até que tudo esteja esclarecido.

— Quer beber algo? — ofereço.

— Aceito.

Sirvo duas taças de vinho, ela precisa relaxar para poder começar. Entrego-lhe uma e viro a outra de uma vez. Acho que estou mais nervoso que ela.

Sei que o momento de esclarecer as coisas chegou, mas não sei se quero ouvir dela o verdadeiro motivo que a fez me roubar.

— Venha, vamos nos sentar. — Aponto para o sofá de três lugares.

Ela se senta de um lado e eu no oposto. Ficamos quase de frente um para o outro.

— Bom... — eu começo. Encho mais uma vez minha taça e a viro no mesmo instante. Percebo que Helena ainda nem tocou na dela. — Sei que nosso reencontro não saiu como imaginávamos. Terminou com você fugindo de mim...

Minha boca fica seca e me sirvo mais uma taça.

— Eu fiquei tão puto com você, Helena. Por isso fui embora. Mesmo com o coração partido por tê-la deixado naquele hospital. Se eu ficasse, exigiria de você coisas que não estava pronta para me dar. Por isso voltei à França...

Sinto que o ar não chega ao meu pulmão. Afrouxo o nó da gravata, até retirá-la por completo. Jogo-a em cima da mesinha de centro.

— E foi aí que tudo começou a desandar. Eu deveria ter ficado e a enfrentado. Deveria ter exigido todas as explicações que eu precisava..., mas fui orgulhoso demais para passar por cima de tudo que fez, como se não fosse nada.

Helena me olha com os olhos marejados. Sei que ela também se arrependeu. Sinto minha voz estranha. A garganta seca.

— Numa noite saí para beber, pois você não saía da minha cabeça. Ève apareceu... — minha visão começa a ficar turva. — Mas eu não sei como tudo aconteceu... Eu...

Então tudo fica escuro.

CAPÍTULO 18

Antoine, percebendo a tensão que paira entre nós, resolveu começar. O que para mim foi um alívio. Eu não sabia como abordar o assunto. Ele deve estar sedento ou ainda mais nervoso que eu, pois bebeu quase metade da garrafa de vinho em menos de cinco minutos.

Fala do quanto sofreu com a minha fuga. Meu coração se aperta, pois sei que o fiz sofrer. Mas não foi minha intenção. Minha visão se embaça por causa das lágrimas não derramadas.

Começo a notar que o Antoine fica estranho, percebo sua fala enrolada. Não pode ser por causa do álcool. Mesmo que ele tenha bebido meia garrafa de vinho em pouco tempo, ainda levaria um tempo para o álcool fazer efeito.

Começo a observar e me aproximo, quando ele apaga de uma vez. Desespero-me e começo a procurar pelo telefone no quarto, preciso pedir ajuda. Ele pode estar passando mal. Pego o aparelho sobre o aparador e disco na recepção.

— Eu preciso de ajuda aqui no quarto da cobertura — explico o ocorrido e a pessoa diz que mandará alguém.

Desligo o telefone e coloco Antoine de forma mais confortável no sofá. Retiro seus sapatos e abro um pouco mais a camisa. Checo seus batimentos e respiração. Tudo certo. Ele respira e seu coração trabalha no peito. Apoio sua cabeça em uma almofada.

Ouço uma batida à porta e vou até lá. Sei que é o socorro chegando. Quando a abro, dois homens entram me empurrando.

— Precisamos ser rápidos. Ela pediu ajuda. Não deve demorar para ter gente aqui. Ainda mais se tratando dele.

— Quem são vocês? — pergunto assustada.

— Somos sua carona, moça.

— Carona? O que é isso? Eu não pedi por carona!

Um deles retira uma arma e aponta para a cabeça do Antoine. O desespero me abate. Deve ser um assalto. Eles sabem quem é o Antoine. Começo a chorar.

— Primeiro você vai ficar calada e vai fazer tudo que nós mandarmos. Ou ele morre.

Engulo o choro e concordo com a cabeça. Não vou impedir que levem nada.

— Sente-se aqui e escreva um bilhete. Escreva tudo que eu vou lhe falar.

O sujeito me entrega um papel com o timbre do hotel e uma caneta. Começa a dizer tudo que eu devo escrever, nego em silêncio e ele me dá uma coronhada na cabeça.

— Anda logo, moça. Acha que estou brincando?

Começo a escrever conforme ele dita. As lágrimas me cegando. Escrevo com dificuldade, minha letra sai trêmula.

— Ande rápido! Não temos muito tempo! — grita comigo.

Quando termino, um deles me arrasta para fora do quarto. Descemos alguns lances de escada enquanto me manda parar de chorar. Por mais que eu queira ter forças, não consigo. Não estou entendendo o que está acontecendo. Eles não levaram nada do apartamento.

Desta vez Antoine não vai me perdoar. Escrevi coisas horríveis naquele bilhete.

Três andares abaixo, paramos e um deles me chama.

— Moça, precisamos de sua cooperação, senão o homem lá em cima morre. Ele não pode se defender — ele ameaça.

Concordo com a cabeça, ele se aproxima pelas minhas costas. Sinto um pedaço de pano ser colocado sobre minha boca e nariz. Tento me soltar, mas ele é mais forte que eu, na minha movimentação respiro fundo uma, duas vezes e não vejo mais nada.

Acordo desorientada. O lugar em que estou está escuro. Passo as mãos para o lado e sinto o puxão. Estou amarrada, pareço estar sobre um colchão. Não consigo enxergar nada devido à escuridão. Nenhuma fresta de luz no ambiente.

Minha cabeça lateja de dor. Sinto fome e sede. Há quanto tempo estou aqui? Fico confusa.

— Oi. Tem alguém aí? — grito mais e encontro o silêncio como resposta.

Tento me mexer, mas a corda que prende meu pulso está muito apertada. Fico quieta e acabo adormecendo.

Não sei quanto tempo passa, acordo e vejo o mesmo escuro. Meu estômago ronca em resposta à fome. Resolvo tentar chamar a atenção novamente.

— Oiiiii... Tem alguém aí? Eu preciso ir ao banheiro! Estou com fome e sede! Oiiiiiiii...

Nada. O lugar está extremamente silencioso. Tento mais uma vez me soltar. Mas nada se move. A corda é curta e firme. Quem amarrou sabia bem o que estava fazendo. Observo o lugar tentando forçar a visão, o cômodo está totalmente escuro. Sem que eu enxergue, meu olfato se apura. O lugar tem cheiro de mofo. Parece úmido.

Não tenho a menor ideia de onde estou. O que querem de mim? Será que estão pedindo resgate ao Antoine? Por que fariam isso? Por que Antoine pagaria? Meu Deus!

— Oiiiii... Tem alguém aí?

Fico um tempo quieta tentando ouvir qualquer som que possa identificar o lugar em que estou. Não consigo ouvir nada. Parece até que o cômodo tem blindagem de som.

Começo a ficar desesperada. Se não consigo ouvir nada, quem estiver lá fora também não me ouvirá. Como posso pedir ajuda? Então me lembro de Antoine. Como ele deve estar? Será que fizeram algum mal a ele? Será que desconfia de que fui levada à força?

Não, claro que não! Eu me lembro do bilhete que me fizeram escrever. Antoine jamais virá me procurar. Ele deve estar arrasado e com muita raiva de mim agora. Então deixo a angústia me dominar e choro. Choro até dormir novamente.

Acordo com um gosto horrível na boca. Minha cabeça lateja de dor. Abro os olhos devagar e a claridade me força a fechar novamente. O cheiro da Helena ainda está nos lençóis. Vagas lembranças sobre nossa noite passam em minha mente.

Tento me levantar, mas uma dor aguda na cabeça me impede. Passo a mão pelo colchão e sinto o calor da Helena. Aproximo-me de seu corpo e volto a dormir. Ainda sinto o efeito da bebida em meu corpo. Como duas taças de vinho me deixaram assim?

O quarto permanece escuro, não sei que horas são. Sinto-me nauseado. Tento me levantar, mas não consigo. O vômito vem e não consigo sair do lugar. Vomito aqui mesmo. O cheiro é horrível, mas minha zonzeira piora.

Volto a me deitar. Deixo a escuridão me dominar mais uma vez.

Escuto ao longe um batuque ensurdecedor. Não consigo me mover. Meu corpo dói como se tivesse levado uma surra. Minha cabeça lateja como se um trio elétrico estivesse andando dentro dela. Uma confusão me invade. Que horas são? Tento me mexer, parece uma missão impossível. Sinto meus músculos atrofiados, como se tivesse ficado por dias na mesma posição.

O batuque volta a acontecer, aos poucos percebo que são batidas à porta. Tento me mover, mas meu corpo parece pesar uma tonelada. Então ouço a porta se abrir.

— Antoine, vocês estão aqui? — Ouço passos. — Meu Deus, que cheiro horrível. — Reconheço a voz de Juliet.

— Olhe no quarto — um homem fala.

Escuto-a caminhando até mim. Está muito escuro. Os blecautes das janelas estão acionados. Ela abre a porta e as luzes são acesas. Fico cego.

— Meu Deus, Antoine! O que aconteceu? Você está bem? — Juliet vem até mim. — Que nojo! Isso é vômito? — pergunta ao se aproximar da cama. — O que vocês fizeram aqui?

Quem fez o quê? Do que ela está falando? Minha cabeça lateja... Não consigo me lembrar. Raciocinar está difícil.

— Oliver! Venha me ajudar! — Juliet grita e eu estremeço.

Seus gritos ecoam em minha cabeça, como se estivéssemos em uma caverna.

Sinto a presença de mais pessoas no quarto.

— Oliver, pegue Antoine aqui, me ajude. Vamos levá-lo ao banheiro. Ele precisa de um banho. — Juliet afasta os lençóis e me sinto envergonhado; estou apenas de cueca.

Oliver faz o que ela pede e os dois me colocam de pé.

— Consegue andar? — Oliver me pergunta.

— Acho que sim — respondo com certa dificuldade.

— Venha, se apoie em mim. — Meu amigo me ajuda. — Juliet, chame um médico. Ele não está bem.

— Já estou ligando para o Jean para ele me ajudar.

— O Jean está do outro lado do oceano, Juliet. Precisamos de um médico aqui. Ele precisa fazer exames toxicológicos. Está drogado, não está vendo?

Juliet concorda com a cabeça e pede ajuda ao gerente do hotel, que agora percebi estar ali também.

Chego ao banheiro. E me apoio na pia. Abro a torneira e começo a lavar o rosto. A proximidade com a água me faz perceber o quanto estou sedento e a bebo. Minha boca está seca. Sinto meus lábios rachados, volto a sentir náuseas.

— Toma. — Oliver me estende uma garrafa de água. — beba desta. Não sabemos a qualidade desta água aí. — Aponta para a torneira.

Pego a garrafa e a viro de uma vez. Sou acometido por uma nova onda de enjoos.

— Vá devagar! Pelo visto ficou muito tempo sem beber água.

— Muito tempo? — pergunto confuso.

— Sim! Faz dois dias que ninguém consegue falar com você ou com Helena.

Helena... Então me lembro de ter chegado com Helena depois da apresentação da campanha de Juliet. Estávamos conversando... Então todo o resto é um borrão. Não me lembro do que fizemos depois, se acabamos nossa conversa. Isso foi há dois dias?

— Dois dias? E Helena, onde está? Ela está bem?

— Não sei. Vamos cuidar primeiro de você. Depois vamos procurá-la.

Concordo com a cabeça, não adianta criar hipóteses agora. Preciso restaurar minha dignidade primeiro. Caminho para o boxe apoiando-me nas paredes.

— Você consegue sozinho?

— Sim. — Não deixaria que ele me ajudasse no banho.

— Tudo bem, vou deixar a porta aberta, qualquer coisa grite.

— Tudo bem, já estou me recuperando. — Ainda não estou totalmente bem, mas já sinto melhoras.

Ele sai me deixando no banheiro. Ligo a ducha e me assusto com a água gelada que me acerta. Regulo a temperatura até que esteja morna o suficiente para me sentir confortável. Deixo a água lavar meu corpo cansado. Observo que pareço mais magro.

Minha cabeça está confusa, não consigo me lembrar do que aconteceu. Lavo os cabelos com bastante xampu. Estavam pregados de suor.

Após o banho, sinto-me outra pessoa. Saio do banheiro e uma mesa foi preparada com um café da manhã completo. Meu estômago ronca em resposta. Percebi que uma camareira está limpando toda a sujeira de vômito e que os lençóis foram trocados.

Juliet fala ao telefone de um lado e Oliver, de outro. Aproveito que estão ocupados e vou me alimentar. Juliet foi a primeira a me ver. Encerra a ligação e vem ao meu encontro.

— Já consegui um médico para vir vê-lo. Como está se sentindo? Consegue me dizer o que aconteceu? — ela questiona assim que se senta ao meu lado.

— Não faço a menor ideia. — Como um pedaço de torrada com geleia de frutas.

— Como assim? — Ela me encara como se eu tivesse duas cabeças.

— Não me lembro. Minha última memória é de quando cheguei aqui com a Helena, precisávamos conversar. Nós dois estávamos tensos. Nossa conversa não seria fácil.

— Não mesmo! — ela me interrompe.

— Então abri uma garrafa de vinho. Servi duas taças — continuo —, uma para mim e outra para ela. Lembro-me de ter bebido duas, ou foi mais? Não me recordo.

— Não se lembra?

— Não... Tudo depois disso é uma mancha escura. Para mim foi na última noite, mas Oliver disse que foi há duas noites!

— Meu Deus, Toine! — Ela coloca a mão na boca, assustada. — Nós ligamos para você e Helena. Como não atenderam ao telefone, pensamos que tinham se acertado e que... bem... estavam juntos.

— Bom, esse era o plano. Mas não sei o que deu errado. Onde ela está?

Juliet entende que me referi a Helena.

— Não sabemos... — ela me olha desconfiada —, Oliver está tentando descobrir.

— Como assim? — é minha vez de questionar. — Ela não voltou para casa?

Juliet balança a cabeça em negativa. Não acredito que Helena fugiu novamente.

— E Antonella? Ela buscou a menina?

Novamente uma resposta em negativa. Helena desapareceu e não levou Antonella junto. Algo de muito estranho está acontecendo. Minha cabeça ainda não está conseguindo raciocinar como antes.

— Como você está? — Oliver se senta na outra cadeira livre.

— Estou me sentindo melhor agora. Mas não consigo entender o que está acontecendo.

— Não se preocupe. Logo tudo estará esclarecido.

— Como assim? Você sabe de algo? — Juliet o interrompe.

— Preciso conversar com você, em particular. É sobre aquela conta. — Ele me encara sério e na hora sei que está se referindo ao dinheiro desviado que estava em uma conta no nome de Helena.

— Pode falar na frente da Juliet. Mais cedo ou mais tarde, ela vai acabar sabendo mesmo.

— Sabendo o quê? Do que vocês estão falando?

— Eu lhe explico tudo depois — digo a ela. — Agora fique quieta e deixe Oliver me atualizar dos fatos.

— Bom, há dois dias a conta foi extinta. Precisei subornar o gerente para que ele me dissesse o que tinha acontecido.

— E aí? Descobriu algo?

— Sim, nada que um bom montante de euros não resolvesse. Ele abriu o bico.

— Diga logo! — esbravejo já sentindo novamente o golpe que vou levar.

— Parte do dinheiro foi sacado em espécie e o restante foi transferido para outra conta.

— Outra conta? E você conseguiu descobrir a quem essa conta pertence? — pergunto ansioso.

— Sim. O dinheiro foi transferido para a conta de Carlos Eduardo Sampaio.

— E quem diabos é Carlos Eduardo Sampaio? — questiono indignado.

— O amante da Helena.

— Amante? — Juliet e eu falamos em uníssono.

— Sim. Eles têm uma relação estranha na verdade. Mas ele está sempre em sua casa e faz muito mais que um amigo faria — Oliver completa.

— Cadu... — Juliet sussurra balançando a cabeça em negativa.

— Como sabe de tudo isso? — questiono ao Oliver, já sentindo minha têmpora latejar.

— Lembra que lhe disse que estava seguindo os passos da Helena, que uma hora ou outra ela iria mexer no dinheiro? Então notamos a presença dele. Sempre que ele está no Brasil, está em constante convivência com Helena e sua filha.

— Quando está no Brasil? Como assim? — Fico sem entender.

— Sim, parece que ele tem negócios no exterior, pois está sempre viajando. E cada vez com mais frequência. Consegui descobrir que suas duas últimas viagens foram para a França.

— Para a França? — Novamente eu e Juliet falamos em uníssono.

Eu a encaro curioso com seu espanto.

— Você o conhece? — pergunto a Juliet.

— Eu o vi na casa da Helena logo que cheguei. Encontrei-o por lá mais algumas vezes. Mas não notei nada além de amizade entre eles. O que me deixou encucada agora foi que, quando o vi pela primeira vez, eu o achei familiar. Agora descubro que esteve na França... Achei coincidência.

— Você não notou nada estranho na relação entre os dois?

— Não, tirando o fato de que ele é apaixonado por Helena, não notei nenhum sinal de romance vindo dela. Acredito que da parte da Helena haja apenas amizade, ou pelo menos foi essa a minha percepção. Desculpe-me, talvez eu tenha me enganado.

Encaro Juliet e vejo que ela sabe de algo que não quer me contar. Mas deixo para questioná-la mais tarde. Uma batida à porta e um médico entra acompanhado novamente do gerente do hotel.

— Vejo que está bem melhor, senhor — o gerente fala. — o médico veio vê-lo.

— Obrigada! — é Juliet quem responde por mim. — Venha, Oliver, vamos deixar que o médico o examine.

Os dois se levantam e acompanham o gerente até a porta do apartamento, fechando a do quarto ao saírem.

— Bom... — o médico começa. — Consegue me explicar o que aconteceu e como está se sentindo?

Narro tudo que sei ao doutor enquanto ele me examina. Colhe um pouco de sangue e pede que eu colha um pouco de urina. Por sorte havia bebido muita água e consegui um pouco no potinho que ele me entregou.

Ele prescreve alguns analgésicos e me aconselha a beber bastante água, além de me alimentar saudavelmente. Detectou que estou desidratado devido à falta de água e alimentos nos últimos dias. Ele me aplica uma ampola de glicose. E pede que eu procure descansar, que evite me desgastar física e emocionalmente, até que meu corpo se recupere por completo.

O médico sai dizendo que, assim que os exames ficarem prontos, ele me retorna. Deixa seu cartão e pede que eu ligue se precisar de algo mais.

Escuto uma movimentação na sala e caminho devagar até lá, ainda me sentindo fraco. Deparo com uma cena de filme. Várias fitas amarelas foram passadas em volta do sofá, impedindo que alguém se aproxime. As taças usadas por mim e Helena estão sendo colocadas em sacos plásticos.

— Não encontramos a garrafa do vinho — um dos detetives fala.

— Já olhou no lixo? — o outro questiona.

— Já, sim. O lixo está vazio.

— Estranho... — ele coça a barba —, olhe na geladeira — diz enquanto faz uma varredura pela sala.

Ele se agacha e pega algo debaixo do sofá. Parece um papel.

— Senhor Oliver, dê uma olhada nisso. — Meu amigo levanta o olhar, que estava atento à cozinha.

— O que é isso? — pergunta.

— Parece um bilhete para o Antoine.

— Um bilhete? — Corro até ele e retiro o papel de sua mão.

— Não toque nisso, Antoine! — Oliver grita, mas é tarde, o papel já está em minhas mãos.

Então observo que todos usam luvas, inclusive Juliet. Todos procuram por provas. Mas o que realmente está acontecendo aqui?

CAPÍTULO 20

Acordo me espreguiçando, sentindo os lençóis macios da cama do hotel. O cheiro de fronha limpa e recém-trocada invade meu olfato. Que sonho esquisito esse que tive.

Abro devagar os olhos, acostumando-me à luz do dia. As cortinas estão abertas, e o vento fresco de primavera invade o quarto.

Devagar vou me dando conta de que tudo não passou de um pesadelo horrível. Procuro meu celular na cabeceira da cama, mas não o encontro. Sinto o cheiro de café invadir meus sentidos, despertando cada célula do meu corpo. Levanto-me devagar e caminho para a porta do quarto. Quando a abro, eu me deparo com a realidade.

Ainda estou dentro do pesadelo. Juliet está na cozinha, preparando uma xícara de café. Oliver conversa ao celular. A sala do apartamento ainda está parecendo cena de um filme policial. Sinto como se tivesse levado um choque.

— Então é tudo verdade! Pensei que tudo fosse um pesadelo.

— Já iria acordá-lo. Está na hora da sua medicação. — Juliet sorri.

— Por quanto tempo eu dormi?

— Na verdade, você estava fraco e acabou apagando aqui na sala. Seu organismo precisa de um tempo para recuperar. — ela responde. — Venha, sente-se aqui.

— O que descobriram? — eu me dirijo ao Oliver, que acabou de desligar o telefone.

— Não muito. — Ele se senta ao meu lado.

Tomo o comprimido que Juliet me oferece e bebo o café quente.

— Ainda não temos o resultado confirmado, mas desconfiamos que você foi drogado. Suspeitávamos de roubo, mas nada foi levado.

— E Helena? Conseguiram falar com ela?

— Infelizmente, não. Ela sumiu.

— E o tal Carlos Eduardo?

— Pelo que parece, está viajando. Seu nome foi encontrado em uma lista de voo há cinco dias. E ainda não retornou. Tenho gente vigiando sua casa noite e dia.

— Helena também não ligou para a filha?

— Não — Juliet responde — conversei com a Carla agora há pouco contando tudo o que aconteceu aqui e ela está vindo para cá. Ela também acha que a Helena é uma vítima. Assim como você.

— Também? Quem mais acha que ela é inocente? — é a vez de Oliver questionar. — Você leu o bilhete que ela deixou!

O bilhete.

— Onde ele está? — pergunto.

— Não acho uma boa ideia que você o leia agora. O médico disse para não se envolver com nada que possa aborrecê-lo. Você precisa se recuperar!

— Onde ele está, Oliver?

— É melhor entregar logo a ele. Não vamos conseguir segurá-lo, de qualquer forma. E é bom que fique sabendo logo de uma vez — Juliet intervém.

Oliver retira o bilhete do bolso e me entrega o papel amarelado com o timbre do hotel. Pego aquele pedaço de papel e leio:

Querido Antoine,

Infelizmente, chegou o momento em que devo seguir por um caminho diferente do seu. Sinto-me obrigada a encerrar nosso relacionamento e deixá-lo para trás. Não é uma decisão fácil, mas é uma que acredito ser a melhor para ambos. Nosso relacionamento chegou a um ponto insustentável, e as circunstâncias que me envolvem me obrigam a seguir por um caminho diferente. Não posso mais continuar ao seu lado, e acredite, não é uma decisão que tomei levianamente.

Nossas vidas têm tomado rumos distintos, e as circunstâncias que me cercam exigem que eu faça escolhas difíceis. Eu sei que você merece alguém que possa dedicar todo o amor e a atenção que merece, e infelizmente não posso mais ser essa pessoa para você.

Há segredos e desafios que preciso enfrentar sozinha, e não seria justo arrastá-lo para essa confusão. É hora de seguir adiante e permitir que encontre alguém que possa compartilhar plenamente sua vida, sem as sombras e os obstáculos que eu carrego comigo.

Peço que respeite minha decisão e não tente me encontrar. Seria mais doloroso para nós dois prolongar esse adeus. Eu realmente espero que encontre a felicidade que merece, e que nosso tempo juntos seja lembrado com carinho e gratidão.

Por favor, entenda que meu amor por você não diminuiu. Tenho outra pessoa em minha vida. Acredito que é a escolha certa para o nosso bem que eu vá agora. Que você possa encontrar alguém que preencha sua vida com alegria e amor incondicional.

Agradeço por todos os momentos maravilhosos que compartilhamos, e sempre carregarei as lembranças de nosso tempo juntos em um lugar especial do meu coração. Desejo a você um futuro brilhante e pleno de realizações.

Com carinho, Helena.

Como assim? Isso só pode ser brincadeira. Helena tem outra pessoa! Não. Isso não está certo. Helena não pode ser tão vil a esse ponto. Não pode ser verdade.

— Isso não é verdade! — vocifero.

— Acalme-se, Toine. Eu também acho que isso não pode ser verdade — Juliet tenta me acalmar.

— Se não é verdade, onde ela está? O que fez com os milhões que desviou da sua empresa? — Oliver tenta me trazer para a lógica. — Sinto muito, meu amigo, mas ela fugiu com outro levando seu dinheiro. — Ele coloca uma mão em meu ombro.

— Ahrhrhr... — Amasso o papel, jogando-o longe.

— Sinto muito, mas preciso que aceite a verdade para colocarmos a mão nessa quadrilha desgraçada e prender um por um. E eu que cheguei a pensar na inocência dela — Oliver completa.

— Não o deixe ainda mais nervoso, Oliver! — Juliet ralha com ele. — Fique calmo, Toine! A verdade vai aparecer, tarde ou cedo, ela sempre aparece. Eu aprendi desde nova que as aparências enganam. E há algo de errado nesta história. Há alguém tentando nos fazer pensar que Helena é a culpada enquanto o verdadeiro responsável por tudo isso está por aí manipulando todos para conseguir o que quer.

Ouço com atenção tudo que Juliet diz. Sei que ambos podem ter razão. Meu coração quer seguir pela suspeita de Juliet. Já minha razão entende Oliver, pois todas as provas levam ao óbvio. Apoio os cotovelos na bancada e a cabeça nas mãos. Não sei o que fazer. Sinto que perdi meu coração novamente.

Batidas desesperadas à porta me fazem levantar a cabeça, encarando Oliver e Juliet. Ele se levanta para atender. Logo que ela é aberta, um furacão em forma de gente passa desesperado. Carla me encara com o semblante abatido de quem andou chorando.

— O que você fez com a minha amiga? — ela me acusa!

— Fique calma, Carla — Juliet intervém. — Ele também foi uma vítima.

Ela volta a chorar e, antes que caia de joelhos no chão, eu a seguro em meus braços. A sala está interditada, então a levo para o quarto e a coloco sentada na cama. Todos me acompanham, inclusive o rapaz que chegou com ela.

— Quem fez isso com ela? Quem levou a Helena?

— Como sabe que alguém a levou? — Oliver a questiona.

— Ela não fugiria... — diz chorando.

— Mas ela fugiu uma vez, por que não faria novamente?

Carla levanta o olhar e encara cada um de nós.

— Porque eu a conheço. Helena não é de fugir das situações, a não ser que seja para proteger aqueles a quem ela ama. — Ela funga o nariz de forma deselegante e vejo Oliver lhe oferecer seu lenço. — Obrigada! A primeira vez que Helena fugiu foi para proteger Antonella. Ela estava sendo ameaçada. De princípio, não queria ir, mas o Cadu e eu a convencemos. E tudo acabou daquela forma trágica! — Ela me olha agora. — Você sabe. Foi quem voou até ela para ajudá-la.

Concordo com a cabeça.

— Que tipo de ameaças Helena sofreu? — Oliver questiona.

— Ela estava sendo ameaçada por alguém que a queria longe do Antoine — o homem que chegou com a Carla responde.

— E você, quem é? O que sabe sobre esse assunto.

— Desculpa, gente — Carla diz nervosa. — Este é o Wilson. Ele é detetive no Terceiro Distrito Policial em Santa Efigênia. É um amigo antigo e nos ajudou a investigar essas ameaças.

— E a que conclusão chegou? — indago querendo saber mais sobre esta história.

— Bom..., não chegamos a nenhuma conclusão — o sujeito fala —, encerramos o caso quando notamos não se tratar de ameaças verdadeiras, e sim de uma brincadeira. Alguém queria assustar a Helena.

— Não, Will — Carla volta a falar —, tivemos mais uma prova depois das que eu lhe entreguei.

Todos nós agora estamos fitando a Carla e ela continua.

— No dia em que a Dalva sofreu aquele atentado, em que a polícia descreveu como roubo seguido de agressão, mais uma foto de Antonella foi deixada na casa de Helena. No verso havia um recado ameaçador. Dalva estava em coma no hospital e nós ficamos muito assustados. Então Cadu e eu achamos melhor Helena fazer uma viagem até que tudo se acalmasse. Mas aí ela foi atropelada e o restante vocês já sabem.

— De que fotos vocês estão falando? — indago preocupado.

— Destas. — O detetive me estende um envelope pardo.

Despejo seu conteúdo sobre a cama e várias fotos de Antonella aparecem. Em muitas a menina estava na escola. Senti o quanto ela estava vulnerável. E, se alguém quisesse lhe fazer mal, conseguiria.

Lembro-me do dia em que a peguei na escola. Quem era eu para conseguir levá-la sem nenhum impedimento? Sem que ninguém soubesse, eu a levei. Por isso Helena ficou louca! Ela já estava sendo ameaçada.

— Quando isso começou? — inquiro.

— Quando estávamos saindo do hotel em Paris, o concierge entregou uma caixa para Helena dizendo que era um presente deixado para ser entregue a ela.

— Em Paris? — Juliet e eu perguntamos ao mesmo tempo.

— Sim, a primeira foi lá. Algum tempo depois ela recebeu a segunda. E a terceira e última foi logo depois daquela semana que ela passou com você.

— E as ameaças eram para que ela se afastasse de mim? A troco da segurança da sua filha?

— Sim. Toda vez que ela se aproximava de você, as ameaças ficavam mais presentes.

— Aqui tem alguma? Algum bilhete?

— Sim, Atrás de alguma foto tem.

Todos nós começamos a procurar o verso das fotos.

— Encontrei — eu digo. Então começo a ler: — "Conheço seu segredo, se não se afastar do Antoine, sua filha enfrentará consequências terríveis e cruéis, como jamais imaginou."

Vejo Carla e Juliet trocarem olhares de que sabem do que aquele bilhete está falando.

— Que segredo é esse? — Olho de uma para outra.

— Com certeza é alguém que se envolveu com o desvio do dinheiro e a estava chantageando para ganhar mais — Oliver se exaspera. — Isso é claro!

— Que desvio? — Carla pergunta ao Oliver.

— O dinheiro que sua amiga roubou da empresa.

— O quê? Você está me dizendo que a Helena desviou dinheiro da empresa?

— Sim, é isso! E agora fugiu com o amante.

— Você ficou doido? Como pode acusar Helena assim? — Carla fica nervosa.

— Antoine, algo está muito errado nesta história — Juliet fala.

— Helena seria incapaz de fazer uma coisa dessas — Carla fala. — Antoine, como pode pensar uma coisas dessas a respeito dela?

— Estamos todos muito nervosos, vamos nos acalmar para podermos pensar com clareza — Juliet torna a falar.

— Não posso ficar calma enquanto acusam minha amiga dessas atrocidades. Helena é a pessoa mais justa que conheço. Ela seria incapaz de pegar uma bala de alguém.

Meu coração se comprime ao ouvir Carla defendendo Helena. Deveria ser eu ali naquele papel. Mas não. Estou aqui desconfiado, quase tendo a certeza de que ela seria, sim, capaz de me roubar e ainda fugir com outro levando todo o dinheiro.

Releio novamente a ameaça.

— Que segredo é esse que Helena guardava?

— Você ainda tem dúvidas Antoine? — Oliver se levanta. — Helena estava sendo chantageada por causa do dinheiro. Agora tudo faz sentido. Ela é, sim, culpada de tudo!

— Cale a sua boca! — Carla também se levanta. — Você não faz a menor ideia do que está falando! Você não conhece a Helena como eu! — Ela o encara.

— E qual seria o segredo dela para ser chantageada a ponto de fugir? — ele argumenta. — Só pode ser dinheiro!

— Se fosse dinheiro que minha amiga quisesse, ela teria ido atrás dele — ela aponta para mim — quando descobriu que o pai de sua filha era milionário e dono da empresa onde ela trabalhava para sustentar a filha!

Um silêncio ensurdecedor se faz presente. Nem um mosquito ousa voar neste momento.

Eu escutei direito? Eu sou o pai da filha da Helena? Antonella é minha filha?

CAPÍTULO 21

Carla percebe o que falou, tapando a boca em seguida. Juliet a olha espantada, mas não surpresa ao contrário de Oliver que estampa espanto em sua feição. Fico estático sem saber o que falar.

— O que foi que você disse? — pergunto depois de um tempo.

— Ai, Antoine... Desculpe — ela lamenta —, foi tudo culpa desse... desse imbecil, que ficou acusando minha amiga. Ela não se importa com dinheiro. Nunca se importou. Helena não seria capaz de roubar nada de ninguém. Pelo contrário, ela sempre ajudou com o pouco que tinha. Se tivesse roubado, não estaria fazendo bolos para sustentar a casa... Espera! Foi por isso que ela foi demitida? Vocês acham que Helena desviou dinheiro da empresa... Por isso ela levou aquele baita pé na bunda sem direito nenhum! — destrambelha a falar.

— Carla... Carla! — falo mais alto até que ela se cale. — Eu sei que Helena é inocente. Mas repita o que você disse sobre a filha dela...

Ela me olha assustada e volta a olhar para Juliet.

— Fiz merda, né?! — Coça a testa e Juliet concorda.

— Carla, eu preciso entender se o que escutei está certo. Você disse que a Antonella é minha filha? Foi isso?

— Ai, Toine! — Juliet se intromete. — Você é mesmo um tapado! A menina é a sua cara! Como não sacou isso antes?

Como eu poderia imaginar que isso fosse possível?

— E por que ela não me contou isso quando nos reencontramos? — eu me exaspero. — E você sabe disso desde quando?

Juliet me olha assustada.

— Desconfiei desde que coloquei os olhos sobre a menina. Então joguei verde e Helena confirmou minha suspeita — Juliet diz sem graça.

— Já fiz a merda, vou continuar, minha amiga vai me matar de qualquer jeito... — Carla fala derrotada. — Quando Helena descobriu que era você a pessoa que havia comprado a Essential, ficou com medo de você tomar a Antonella dela. Aquela loira que não largava do seu pé lá na festa...

— Ève ... — interrompo-a.

— Isso... "Aquelazinha" disse a Helena que era sua noiva e que se mantivesse longe de você.

— Helena teve medo de mim?

— Sim. Ela estava passando por vários problemas naquela época. Tudo uma grande confusão...

— Continue, eu preciso saber de tudo!

— Os exames de rotina a diagnosticaram com cardiopatia isquêmica. Foi por isso que me revelou esse segredo. Ela tinha medo de Antonella ficar desamparada. Não te contou por temer que tirasse dela os últimos momentos que tinha com a filha...

— Helena está doente? — interrompo-a novamente.

— Não... Tudo foi uma confusão enorme. Nós pensávamos que sim, mas há pouco descobrimos que seus exames haviam sido trocados e provavelmente com os do Rodrigues, dado a sua atual situação.

— Meu Deus! E ela estava passando por tudo isso sozinha? — Fico apreensivo. — Continue.

— Mas aí vieram as chantagens, ela precisou se manter longe de você. E quando descobriu que não estava doente... decidiu lhe contar, tentou ligar várias vezes para você. Mas em nenhuma ela foi bem-sucedida.

— Sim. — Meu semblante cai.

Era isso que ela queria me confessar. Como fui burro de não perceber antes. A menina tem o nome da minha mãe. Meu coração se aperta só de pensar no quanto fui injusto com a Helena. Imagino todo o aperto que ela passou cuidando de nossa filha sozinha.

Não consigo acreditar em tudo que ouvi. Eu sou pai. E Helena é a mãe da minha filha. Como pude acreditar na armação que fizeram para ela? Helena seria incapaz de abandonar nossa filha e fugir sem deixar rastro. Isso não faz sentido. Há algo de muito errado nesta história.

O telefone do Oliver toca, trazendo-me para o momento atual.

— Pronto... Sim, isso é ótimo! Estou indo aí! — Ele encerra a ligação e me olha satisfeito.

— Conseguimos as imagens do vídeo de segurança do hotel. Pelo menos vamos ver quem esteve aqui em seu apartamento.

— Eu vou com você! — digo já me colocando de pé. — Carla, quero que me faça um favor. — Ela me olha com expectativa. — Vá com Juliet buscar minha filha. Eu a quero aqui comigo. — Entrego a chave do carro para Juliet. — Me traga a menina, por favor! — Dou-lhe um beijo na testa e saio com Oliver.

Chegamos à sala de segurança alguns minutos depois. Um dos detetives que Oliver contratou está diante dos monitores.

— Caio, o que foi que encontraram? — Oliver questiona.

— Acho melhor se sentarem. O quarto do senhor Fontaine foi bem movimentado aquela noite.

— Temos imagens internas? — questiono curioso.

— Não. Isso não é permitido, então não poderemos saber o que aconteceu dentro do quarto, mas sabemos quantas e quais pessoas estiveram lá. Parece que eles não se preocuparam em se esconder. Com certeza não fizeram isso antes, ou não se importaram que estavam sendo filmados.

— O que estamos esperando? Vamos começar! — Oliver diz.

— Vamos lá! — O detetive dá o play no vídeo.

Pouco tempo depois que eu saí para a apresentação, dois homens entraram no quarto com uniforme do hotel.

— Eles trabalham aqui?

— Não, senhor! — quem responde é o responsável pelo hotel. — Não sabemos como conseguiram os uniformes nem as chaves de acesso ao seu quarto.

Eles permanecem cerca de vinte minutos lá dentro.

— O que faziam lá? — questiono ansioso.

— Ainda não sabemos — o detetive responde —, mas desconfio que foram eles que deixaram o vinho que vocês beberam. Com certeza ele estava adulterado, Mas ainda não podemos afirmar isso.

— Por isso levaram a garrafa embora, para tentar limpar a cena do crime — Oliver completa.

— Mas já foi comprovado que tinha algo na bebida?

— Nossa sorte que eles esqueceram de recolher as taças. Elas ficaram sujas na mesinha de centro. E isso será suficiente para sabermos se havia alguma substância no vinho — o detetive explica. — Aqui é o momento em que você chega com Helena. — Mostra na tela a imagem.

Assistimos à continuação. Vinte minutos depois, os mesmos dois homens voltam e batem à porta. Dá para ver o momento em que Helena os deixa entrar.

— Aqui não sabemos se ela os chamou e permitiu a entrada ou se eles a ameaçaram para entrar. O fato é que não foi forçado. Ela permitiu que entrassem — o detetive explica.

— Tivemos uma ligação do seu quarto pedindo por ajuda. Pouco antes de eles entrarem — o gerente explica. — Nossa atendente demorou um pouco para chamar alguém para atender ao pedido; quando ele chegou ao quarto, foi atendido por alguém que o dispensou dizendo ser um engano.

— Quero interrogar este funcionário — Caio pede. — Vamos continuar o vídeo!

Novamente o vídeo recomeça. Quinze minutos depois, Helena sai acompanhada de um homem.

— Ela está indo contra a vontade? — questiono.

— Não dá para saber. Eles estão muito próximos, mas ele não a toca. Não sabemos se ela estava sendo verbalmente ameaçada — Caio volta a falar.

— Mas não eram dois? — é a vez de Oliver questionar.

Ninguém consegue responder.

O vídeo segue e novamente aparece alguém à porta do quarto. Ele bate e aguarda um momento. Torna a bater e aguardar. A porta é aberta e ele parece conversar com alguém. Não dá para identificar de quem se trata. A porta é novamente fechada e o rapaz se afasta. O vídeo é acelerado para quarenta minutos mais tarde. Então um casal aparece no corredor. Eles param diante da porta e com um cartão magnético entram no quarto.

— Volte o vídeo! — peço. — Para o momento em que eles estão caminhando no corredor.

O detetive faz o que peço.

— Aí! Pare a imagem. Tem como aproximar?

Ele puxa a imagem para a frente, revelando o rosto do casal.

— Desgraçado! — Oliver diz.

— Você os conhece? — o detetive questiona.

— Ele é o amante da Helena! — Oliver diz apressado.
— Ela eu não reconheço. Quase não dá para ver o rosto e o cabelo.

A mulher usava um chapéu que lhe cobria todo o cabelo e quase todo o rosto. Do angulo da câmera, ela ficou escondida.

— Bom, então temos um caminho a seguir. Precisamos descobrir o que esses dois estão querendo com você — o detetive conclui.

Eu sei bem o que ele quer de mim. Mas nunca imaginei que pudesse ir tão longe com tudo isso. As coisas começam a clarear em minha cabeça. As pessoas por trás das chantagens, o afastamento de Helena, tudo tinha um propósito.

— Oliver, chame aquele detetive que a Carla trouxe, precisaremos de toda ajuda possível. Os detetives que você colocou atrás do amigo da Helena ainda o estão vigiando?

— Sim, eles estão.

— Ótimo! Vamos descobrir para onde a levaram. E dê um jeito para que Antonella esteja aqui o quanto antes. Precisamos agir rápido, antes que percebam que nós já os descobrimos.

Todos começam a se locomover e fazer ligações, exceto o detetive, que continua vendo o filme.

— Senhor Fontaine... Ainda há mais neste vídeo — ele fala e todos param de falar, voltando a prestar atenção na tela novamente.

Ele acelera o vídeo. Passam-se duas horas e o homem sai sozinho. Como se nada tivesse acontecido, ele pega o elevador. O vídeo é novamente acelerado. Agora por um tempo maior. A noite passa e já é dia. Pela hora da gravação, já são cerca de duas da tarde, quando a mulher deixa o quarto e vai embora.

Desgraçada! Ela me drogou e passou a noite comigo. O pior de tudo é que não me lembro de nada. O que aquela mulher queria comigo? Quem é ela? Neste momento uma lembrança me ocorre. Eu me recordo de ter passado a noite com Helena. A realidade me acerta como um trem descarrilhado. Pelo jeito, a droga que me deram foi forte.

— Quando terei o resultado dos exames? — questiono. — Saberemos que tipo de droga foi usada em mim?

— Não sei ao certo. Haviam se passado dois dias até que resolvemos vir atrás de você.

— E por que demoraram tanto?

— Fontaine, tem certeza de que esse é o melhor momento para discutirmos isso?

— E haveria um momento melhor?

— Tudo bem. Achamos que seu silêncio significava que o senhor e a Helena haviam se acertado.

Sim, se não tivéssemos sido enganados, esse seria o verdadeiro motivo do nosso silêncio. Começo a me lembrar que há pouco passei pelo mesmo problema. Passei a noite com Ève e na manhã seguinte não me lembrava de nada. Será que ela me drogou? Pois sei que em meu estado normal jamais me deitaria com ela novamente.

Soco a mesa com raiva, assustando a todos.

— Viu algo que nos passou despercebido, senhor Fontaine? — Caio, um dos detetives, questiona.

— Não, apenas estou me dando conta de que tentaram me fazer de fantoche. — Ève... não... Não pode ser... Ela não se envolveria em algo tão absurdo só para me prejudicar. Ou se envolveria?

Peço para assistir ao vídeo novamente e analiso detalhadamente a mulher. Ela foi esperta ao cobrir o rosto. As roupas que usava não eram do estilo de Ève. Eram largas e em nada contribuíam para que algo me remetesse a ela.

Desisto de tentar ver semelhanças. Minha cabeça dói.

Ainda me sinto fraco. Os dias que fiquei drogado cobram seu preço. Ainda estou desidratado. Mas preciso me manter forte. Helena precisa de mim e eu irei socorrê-la.

CAPÍTULO 22

Depois que saímos da espremida sala de segurança do hotel, nos reunimos em uma outra, reservada. Expliquei o que imaginava que estava acontecendo. Todos me ouviam atentamente.

Junto com o Oliver, traçamos nossos planos. Eu precisava descobrir para onde levaram Helena. Precisava resgatá-la. Não sabia se era bom envolver a polícia. Nós tínhamos uma grande vantagem. Sabíamos que eles eram amadores e não tinham a menor ideia de que já sabíamos de tudo.

Eu precisava jogar com as informações que tinha. Mas poderia jogar também com aquilo que minha intuição dizia. Necessitava fazer o jogo deles, mas à minha maneira.

A primeira peça do tabuleiro que iria movimentar era Ève. Eu precisava lhe dar o que ela queria. Uma garantia de que iria assumi-la; caso estivesse envolvida, pensaria que ganhara o jogo. Comecei então a executar o plano.

Liguei em seu celular. Não demorou muito e sua voz melosa alcançou meus ouvidos.

— *Mon coeur*, como é bom receber sua ligação. Estou morrendo de saudades.

— Oi, *ma chèrie*! Como tem passado? Quer dizer, nosso filho tem lhe dado trabalho?

— Ah, *mon coeur*... Como é bom ouvir isso de você. Nosso filho e eu estamos bem. Sinto um pouco de enjoo, mas isso é normal em meu estado, não é? — Sinto que ela sorri.

— Está precisando de algo? Se estiver, é só falar.

— Eu sei, coração. Fico feliz em saber que se importa.

— Eu me importo. Com você e com nosso filho. Tenho pensado muito em nós. Talvez consigamos...

— Nós conseguiremos! — ela me interrompe. — Tenho certeza de que seremos felizes!

— Sim! Quando voltar, faremos tudo conforme manda o protocolo.

— Isso é um pedido de casamento?

— Ainda não... Farei como você merece. — Sinto a alegria em sua voz e sei que a isca foi mordida.

Nosso próximo passo é cercar o idiota do Cadu. Agora entendo por que não gostei dele desde a primeira vez que o vi. Sinto cheiro de gente ruim de longe. E pensar que é mais próximo da minha filha do que eu, chega a me dar um nó no estômago.

Oliver faz umas ligações e em pouco tempo temos algumas pistas.

— O segurança que coloquei para vigiar o Cadu disse que ele chegou em casa agora há pouco acompanhado de uma mulher loira.

— Então vamos para lá. O que estamos esperando? Em algum momento ele pode ir até a Helena — digo agitado.

— Se ele for, saberemos. O Jamanta está de olho nele. Saberemos qualquer movimento que ele fizer.

— Não sei... E se ele perceber que está sendo vigiado e resolver fugir? Não consigo ficar parado enquanto Helena corre perigo.

— O Jamanta me avisará ao menor sinal de movimento em volta do Cadu.

— Não estou totalmente seguro quanto a isso. — Passo as mãos no cabelo.

— Não tem que ficar paranoico agora, Antoine. Você precisa estar bem, quando Helena for encontrada. Desde que encontramos você, não se alimentou direito.

— Não tem como ter fome em um momento como este.

— Sei como deve estar se sentindo, mas você passou por um momento de estresse muito grande. Foi drogado, ainda está desidratado, precisa se cuidar, cara! Deixa que eu e os detetives cuidemos disso.

— Acha que vou conseguir ficar aqui quieto esperando que vocês me tragam a Helena?

— Isso é o certo a fazer. Vamos colocar a polícia no caso. Mesmo se tratando de amadores, eles são criminosos.

— Mas isso pode colocar a vida da Helena em risco e não quero que nada de ruim aconteça a ela.

— Suba para o apartamento, descanse um pouco. Aproveite para conversar com a criança. Juliet já deve ter voltado com a menina — a simples menção de Antonella me deixa todo bobo. Imagino como meu pai deve ficar quando souber. Preciso ligar para ele. — Assim que descobrirmos onde a Helena está, eu te aviso.

Oliver tem razão. Não posso me desesperar agora. Eu preciso manter a calma para analisar friamente nossos próximos passos. Concordo com ele e faço justamente o que me aconselhou.

Subo para o quarto e o encontro vazio. Pelo tempo em que Carla e Juliet saíram, já deveriam ter voltado com minha filha. Sinto um queimor no peito. O que pode ter acontecido de errado? O suor começa a se formar em minha têmpora. Limpo com o dorso da mão.

Pego o celular e ligo para Juliet. Toca até cair na caixa de mensagens. O que aconteceu com elas? Procuro o número da Carla, e aperto discar. Também toca até encerrar. Já começo a ficar desesperado.

Eu pensando que eles são amadores. Enquanto já estavam um passo a nossa frente. Sem saber o que fazer, ligo para o Oliver.

— Sabia que não iria descansar! Ainda não temos nada de novo. Ele continua dentro de casa. Ainda não se moveu.

— Não é sobre isso — interrompo-o —, as meninas ainda não chegaram ao hotel. Sinto que algo aconteceu.

— Espera, vou checar a busca pelo celular da Juliet.

— Você pode fazer isso?

— Sim. E você também pode. Desde que o encontramos nesta manhã, resolvemos colocar este aplicativo de busca que nos mostra onde exatamente a pessoa está. Colocamos também no seu aparelho. Estamos interligados.

Fico espantado em saber disso. Mas ao mesmo tempo feliz por saber que posso descobrir onde elas estão.

— Tudo bem! Cheque e me diga onde preciso ir para buscá-las.

— Não será preciso sair. Elas estão aqui dentro do hotel.

— Tudo bem! Estou com o app aberto e consigo localizá-las agora. Obrigado, Oliver!

— Não tem de quê!

Saio do meu quarto e vou atrás do ponto onde o app me mostra a sua localização. Espero que isso esteja certo. Encontro um quarto no fim do corredor, então bato à porta. Escuto passos e Juliet abre, sorrindo como se tivesse acabado de ouvir uma piada.

— Oi, *mon cher*! Que bom que nos encontrou.

— O que vocês estão fazendo aqui?

— Bom, como seu quarto ainda está interditado, solicitei este outro para que você e suas convidadas fiquem mais à vontade.

— Convidadas?

— Sim! Entre. — Ela me puxa pelo braço. — Antonella não quis vir sem trazer a avó. Como poderia deixar a Dalva sozinha naquela casa sem notícias da Helena? Acabei concordando com a menina.

— Fez bem. A menina está acostumada com a senhora. Isso deve confortá-la, já que a mãe está ausente.

Juliet concorda com a cabeça. Eu coço a barba pensativo.

— A menina já sabe que Helena está desaparecida?

— Não. Apenas a Dalva sabe. Ela somente concordou em vir depois que Carla e eu a deixamos ciente de tudo que estava acontecendo.

— Melhor assim. Mas não sei o que dizer, caso ela me questione quanto à presença da mãe.

— É um assunto delicado. Acho que a verdade é sempre o melhor caminho.

— Tem razão, vou deixar rolar; se ela questionar, conto de forma superficial.

— Isso! Faça isso! Agora venha, sua filha é mais parecida com você do que eu imaginava. Ela estava nos contando sobre suas pesquisas na escola, é muito esperta.

Como nunca desconfiei que Antonella pudesse ser minha? Eu me puno mentalmente por ter perdido tanto tempo dela. Não a carreguei no colo, não a ninei. Não estive presente quando levou seu primeiro tombo. Não a ensinei a andar de bicicleta. Quantos momentos eu perdi.

Chego à sala que separa dois quartos. E vejo Antonella sentada na poltrona ao lado da cadeira de rodas onde a senhora, que vi na casa da Helena, está.

Antonella está com um vestido amarelo estampadinho com pequenas flores brancas. Realçando a cor de sua pele. Seus cabelos estão soltos. Percebo as covinhas que se formam quando sorri. Ela fala e gesticula como eu fazia. Minha filha... Eu sou pai. Sorrio ao constatar que Helena me deu o maior bem que eu poderia ter. Uma filha.

Leva um tempo para Antonella perceber minha presença. No momento em que me vê, ela amplia o sorriso e em um rompante se levanta.

— Toine! — Corre em minha direção!

Eu a recebo em meus braços e a levanto do chão. Sinto o cheiro de seus cabelos, lembrando-me dos de Helena. Aperto-a em meus braços, temendo que tudo isso não passe de uma alucinação.

Aromas de Amor

— Você está bem? — pergunto ainda sem soltá-la.

— Sim. Estou com saudades da mamãe, onde ela está? Ela veio com você?

— Não... — Respiro fundo, colocando Antonella de volta ao chão. — Sua mãe não veio comigo. Mas prometo buscá-la o mais rápido possível.

Seu semblante é curioso, ela me olha com certa desconfiança, mas logo volta para o sofá onde estava antes. Sem se preocupar mais.

— Boa noite! — cumprimento a senhora.

— Boa noite, meu filho! — Ela pega minha mão. — Prometa que trará minha menina de volta?

Encaro seus olhos cansados, de quem chorou.

— Eu prometo! É só o que quero neste instante. Trazê-la de volta.

— Tenho certeza de que vai conseguir. — Ela me olha esperançosa.

Sorrio. Eu sei que não será fácil, mas preciso acreditar que Helena logo estará de volta aqui conosco.

— Venham, eu pedi que preparassem um lanche para nós — Juliet fala às minhas costas. — Imagino que não comeu nada o dia todo, não é? — Ela me olha interrogativa.

— Não — digo derrotado.

— Então venha, precisa se alimentar. É fundamental que esteja em boas condições. Sua família precisará de você — sussurra essa última frase ao meu ouvido.

Minha família... Esta expressão nunca soou tão perfeita. Eu tenho uma família agora. Elas dependem de mim e eu estarei aqui para elas. Preciso resgatar minha mulher e deixar tudo esclarecido entre nós. Helena não fugirá mais de mim.

Mesmo que ainda não saiba, somos uma família. Temos uma filha. Não a deixarei mais.

A mesa está farta com vários tipos de bolos, tortas, biscoitos, doces e salgados. Nós nos assentamos em volta da mesa. Procuro me sentar ao lado de Antonella. Não quero perder mais nada.

Olho para seu corpo magricela e começo a reparar nos detalhes. Olho para suas mãos e vejo o quanto são parecidas com as minhas. Helena tem as mãos pequenas e rechonchudas. Diferentes das de Antonella. As dela são esguias, com dedos compridos. Idênticas às minhas.

Eu a observo comer. Sempre que estivemos juntos, notei que gosta muito de doces. Seu prato tem vários pedaços de bolo. E ela come como se estivesse deliciando um manjar dos deuses. Tenho certeza de que meus avós vão amar conhecê-la.

A menina leva um pedaço de bolo de chocolate à boca, e olha para Carla, que fala algo com ela. Seu cabelo mexe para o lado, revelando uma pequena mancha escura próxima à nuca. Prendo os olhos ali. Não pode ser!

Não resisto e levo a mão até aquele ponto, afastando seus cabelos para que eu possa ver direito. Ela se assusta.

— O que foi, Toine? — Olha-me curiosa.

— Essa sua mancha... É de nascença?

— Sim! — Sorri. — Minha mãe disse que meu pai tem uma igual. Então eu fico olhando para o pescoço de todos que eu conheço para ver se encontro meu pai. — Meu coração se aperta.

— Sua mãe lhe disse que esta mancha também está no pescoço de seu pai?

— Sim... Ela disse isso... — fala desanimada —, eu imaginei que pudesse encontrá-lo se visse a mancha igual a minha.

Sem conseguir me segurar, começo a desabotoar minha camisa. Retiro-a por completo então me viro de costas para ela. A mesma mancha estampa pouco abaixo do meu pescoço. Quase chega aos ombros. Esteve sempre escondida pela camisa.

Sinto seus dedinhos frios tocarem a mancha.

— Você também tem a mancha... — então ela se cala.

O silêncio toma conta da sala.

Deixo que entenda por si só o que isso representa. Viro-me de frente para ela. Quando a encaro, seus olhinhos são uma mistura de encantamento com surpresa. Um sorriso começa a ganhar meu rosto.

— Você tem uma mancha igual a minha — ela diz sorrindo. — Isso quer dizer que você é o meu pai?

Ela chega à conclusão. Não consigo dizer nada. Minha garganta se fecha, meus olhos queimam na tentativa de segurar as lágrimas. Apenas consigo concordar com a cabeça.

Antonella sorri e pula em meu colo. Agora sim, seu abraço tem outro sentido. Ela sabe que sou seu pai. E gostou de saber que sou eu. Meu peito queima com a falta de ar. Não quero que nada estrague esse momento, nem mesmo minha respiração.

As lágrimas correm pelo meu rosto. Foi impossível segurar. Ela me solta e me encara.

— Você ficou triste por saber que sou sua filha? — Coloco seu cabelo atrás da orelha e a encho de beijos.

— Claro que não! Descobrir isso foi a melhor coisa que aconteceu em minha vida. Eu já a amava mesmo antes de saber que eu era seu pai.

Ela volta a me abraçar. Ainda mais forte. Como se tudo aquilo fosse se dissolver se me soltasse. Eu estou completo agora. Só preciso ter minha morena de volta. E farei o que for preciso para isso.

As três mulheres na sala nos olham como se estivessem assistindo a um filme de romance. Fico sem graça. Então me solto de Antonella, mas a deixo em meu colo. Passo o dedo no glacê do bolo e deslizo em seu nariz. Ela sorri e faz o mesmo comigo.

Comemos e brincamos. Meu coração transborda de amor por minha filha. Mas ainda falta Helena para completar minha alegria. Logo meu coração estará completo.

CAPÍTULO 23

Não tenho mais noção se é dia ou noite. Minha visão já está se acostumando à escuridão. Acordei há pouco. Tento dormir a maior parte do tempo para não sentir fome ou sede. Já estou temendo pela vida do meu filho.

Estou há muito tempo sem comer ou beber qualquer coisa. Sei que o corpo humano pode aguentar até três dias sem água, alguns dias a mais sem comida. Mas estou grávida, meu filho está consumindo todo meu estoque reserva. Sinto-me fraca. Meus lábios já estão rachados. Minha saliva está grossa e sou incapaz de lubrificar meus lábios.

Desejo um copo de água. Desejo um prato de comida. Desejo um banho. Este lugar é abafado. Temo que o oxigênio acabe, pois estou sentindo o ar mais quente e abafado à medida que o tempo passa.

Já não tenho forças para gritar. É perda de tempo. Ninguém pode me ouvir. Volto a cochilar, na esperança de acordar deste pesadelo. Meu punho já está ferido depois de tanto esforço para me soltar. A ferida deve estar infeccionando pois a sinto latejar. Com certeza já está com pus. Mesmo com fome, sede e dor, tento não me desesperar. Não tenho mais forças para reagir, portanto me entrego novamente ao sono.

Acordo um tempo depois sentindo que algo está diferente. Percebo, ao me mexer, que meus braços estão soltos. Noto pelo vulto que há algo em cima da pequena mesa no canto da parede.

Tento me colocar de pé, mas meu corpo está fragilizado. Fiquei por tempo demais na mesma posição. Tento devagar, engatinhar até a mesa. Alguém esteve aqui. Além de me desamarrar, colocaram um copo com um líquido que deve ser água, pois é inodoro. Embora tenha um sabor salobro, é água.

Provei um pouco, mas estou com mais sede. Mesmo com medo de que esta água esteja adulterada, eu tomo tudo. E beberia mais se tivesse. Deixaram também um pedaço de pão. Devoro-o como se fosse um banquete e agradeço mentalmente a Deus por ter me dado este alimento.

Não temo por minha saúde, mas pela do meu filho. Ele precisa de mais nutrientes do que um simples pedaço de pão pode prover. Não tenho escolha a não ser esperar pela misericórdia das pessoas que me colocaram aqui. Permaneço sentada por um tempo, até que me sinto forte o suficiente para me colocar de pé.

Apalpando a parede, percebo que é revestida por madeira. Dou a volta no cômodo até que minha canela encosta em algo. Olho para baixo tentando enxergar. Parece um vaso sanitário.

Eu me agacho e com o tato identifico que sim, é um vaso sanitário. Com certeza um vaso químico. Pelo cheiro que sinto do produto. Dou a volta e continuo averiguando o quarto. Preciso encontrar alguma falha na cobertura da parede para que possa, de alguma forma, tentar fugir.

Não encontro nada, nenhuma porta. Por onde eles entraram? Como conseguiram me desamarrar sem que eu percebesse? Com certeza estava em meu sono profundo. Mas como sabiam?

Deve haver alguma câmera aqui. Estou sendo vigiada. Volto para a cama e me sento agora encostada na cabeceira de madeira. Passo a mão pela pilastra onde estava amarrada. Parece um dossel. Então começo a olhar por cada canto em busca de algum sinal de câmera.

Depois de muito procurar, vejo em um dos cantos uma pequena fresta de luz. Tão fraca e escondida que pensei ser ilusão depois de tanto tempo no escuro.

Caminho seguindo aquele sinal de luz. Passo os dedos por ela e percebo que é uma pequena fresta. Sinto até uma pequena corrente de ar entrando por ela. Começo a forçar a placa que cobre a parede. Depois de muito esforço, consigo soltar um pequeno pedaço da madeira. É um espaço pequeno, mas pode ser suficiente para que alguém lá do outro lado me ouça.

— Oiiiii, tem alguém aí! Eu preciso de ajuda! Oiiiii... — grito por horas.

Se alguém me ouviu, simplesmente me ignorou.

Cansada e com muita sede, desisto. Fico sentada no chão, próxima da fresta de luz.

Não sei falar por quanto tempo fico aqui pensando em uma alternativa. A pior coisa é estar presa sem poder fazer nada. Estou preocupada com o Antoine. O que eles fizeram com ele? Será que o estão chantageando? E Antonella? Espero que ela esteja bem e segura com a Carla.

Passo a mão em meu ventre.

— Fique tranquilo, meu bebê. A mamãe vai resolver esta situação. Fique firme. Vamos sair dessa juntos.

Sem saber o que fazer, eu me entrego ao choro. O que querem comigo? Quem são essas pessoas? Que mal eu fiz a elas? Fico nauseada ao pensar em como o ser humano pode ser covarde e mesquinho a ponto de prejudicar outras pessoas para chegarem aos seus objetivos. Mas e eu? Onde entro nessa história.

Não sou uma pessoa de posses, não tenho inimigos. Pelo menos, não que eu saiba. Não entendo por que estou aqui nesta situação. Não podem ser aquelas chantagens, será? Elas haviam cessado. Se tiver alguma relação, Antonella corre perigo!

Esmurro a parede mais uma vez, agora com mais força. Eu preciso sair daqui. Preciso da minha filha. Eu preciso contar tudo ao Toine para que ele possa nos proteger. Um arrependimento me invade neste instante. Burra! Brigo comigo mentalmente. Por que não contou antes? Talvez não estaria passando por isso agora. Nem você nem seus filhos estariam nesta situação.

Um choro forte me invade. Chego a soluçar. Escorro pela parede até me sentar novamente. Estou exausta. Física e emocionalmente. Não sei por quanto tempo mais aguentarei esta situação.

Barulho de passos prende minha atenção. Apuro a audição e me aproximo do lugar onde tirei a lasca da madeira, para poder ouvir melhor.

— Bom dia, Falcão! — uma voz feminina cumprimenta alguém. — Como o resíduo está?

— Bom dia, senhora! Fizemos conforme o doutor pediu. Servimos um copo de água e um pedaço de pão a ela. A pobrezinha estava faminta, mais um pouco e ela morreria desidratada.

— Pobrezinha... Aquele resíduo não passa disso mesmo, uma pobre! — Ela dá uma risada gélida, que arrepia toda a minha pele.

Essa voz está me soando familiar... Onde já ouvi? O som está muito longe. Não consigo ouvir direito. Forço o ouvido contra a parede de madeira.

— Ève, me ajude aqui, preciso deixar tudo pronto para que eu possa concluir nosso plano!

Ève? Sabia que conhecia essa voz..., mas o que ela está fazendo aqui? Espera! Essa outra voz eu conheço bem. Forço ainda mais a cabeça contra a parede.

— Nosso plano não, meu querido! Seu plano. O meu se encerrou quando consegui colocar as mãos neste projeto de gente trancado aí em baixo como se fosse um rato. Por mim, eu já a teria esmagado como se faz com esses roedores.

— Não seja tão cruel. Ela já está fora do seu caminho e ficará ainda mais quando eu finalizar tudo isso.

— Você a venera, não é? — Ève questiona.

— Mais do que imagina.

— Por mim isso já estaria resolvido. Sabe disso, não é?

— Fica quieta. Eu sei o que estou fazendo.

— Espero que saiba mesmo! Porque, se ela der com a língua nos dentes, nós dois estaremos perdidos.

— Vai dar tudo certo, eu vou invadir o cativeiro e salvá-la. Depois vamos pegar aquela sua filha e fugir para outro país. Helena estará traumatizada por causa deste sequestro e virá comigo. Sei como fazer para convencê-la.

— Está bem. Espero que esteja certo. Não me oponho desde que ela e aquela bastarda estejam longe do meu caminho... — Meu Deus, não acredito. Coloco as mãos sobre a boca. — Não corri tanto risco a troco de nada. Por mim ela já estaria comendo formigas. Estou voltando para a França ainda esta noite. Antoine já se decidiu e eu estarei com um anel neste dedo ainda esta semana. Agora é com você. Não quero mais saber desta história. Nosso acordo acaba aqui. Você já está com seu dinheiro e com seu troféu. Lavo minhas mãos.

— Não se esqueça de que sem minha ajuda você não conseguiria fingir sua gravidez.

— Ah... Cale a boca! Antoine seria meu de qualquer forma! Fomos predestinados ainda no ventre. Mas convenhamos que você deu sua contribuição! Quase não acreditei quando ele me ligou!

— Pena que da primeira vez ele não deu conta do recado. Mas agora você pegou pesado! Sabia que poderia tê-lo matado? A dosagem de adrenalina injetada foi muito maior que o recomendado. Ele poderia ter infartado.

— Foi o risco que precisei correr. Eu precisava da semente dele aqui dentro. Aquele homem é escorregadio, não iria se contentar apenas com minha palavra, ele precisa de provas! E, quando o DNA der positivo, ele não terá mais dúvidas. Estaremos ligados para o resto de nossa vida.

— Espero que você seja feliz! — Cadu diz irônico.

— Desejo-lhe o mesmo, *mon cher!*

Não consigo mais ouvir. Estou sem ar. Caminho de volta para a cama. Como pude ser tão ingênua em não perceber as reais intenções do Cadu? Como pude me enganar tanto assim? Como ele foi capaz de se envolver com aquela loira falsificada da Ève para prejudicar a mim e ao Antoine?

Sinto-me nauseada. Como pude deixar Antonella conviver com este homem? Agora que sei dos seus verdadeiros planos preciso pensar em como vou agir. O elemento-surpresa será minha única saída. Porque do contrário não terei escapatória. Eles irão me matar.

Tento então pensar em quando ele me tirar daqui, como um herói, o que poderei fazer para fugir dele levando Antonella comigo.

Depois de terminado nosso lanche, precisamos de um banho. Antonella e eu estávamos todos melados, mas muito felizes. Nós nos desgrudamos apenas para que fôssemos para o banho.

Já estou de roupas limpas. Penteio o cabelo quando o telefone toca.

— Antoine. Descobrimos o cativeiro — a voz de Oliver dispara minha adrenalina.

— Já estou descendo.

Saio do quarto e não vejo ninguém. Melhor assim. Saio o mais rápido possível ao encontro do Oliver. Quando chego ao saguão do hotel, ele e mais dois homens me aguardam.

— Antoine estes são o delegado e o comandante responsáveis pela investigação do sequestro da Helena. Eles irão nos acompanhar. Uma viatura com mais três policiais já está a caminho do cativeiro.

Cumprimento-os e seguimos para o carro que já nos aguarda do lado de fora. Nosso percurso dura cerca de quarenta minutos. Dirigimos até a periferia de São Paulo.

O lugar é marcado por uma infraestrutura deficiente. As moradias são simples e aglomeradas. Muitas delas precárias. As casas parecem estar umas em cima das outras olhando de baixo do morro.

Então descemos do carro. Os policiais já nos aguardam ao lado da viatura, na entrada da comunidade.

— Daqui em diante seguiremos a pé — um dos delegados fala.

Seguimos atrás deles. Caminhamos cerca de vinte minutos. A cada passo que damos nos infiltrávamos ainda mais para dentro do morro.

— Aquela é a casa onde ele se encontra — Jamanta diz assim que nos aproximamos.

— Vamos tentar invadir. Vocês dois devem se manter afastados e protegidos, caso haja... — o delegado me olha apreensivo — troca de tiros.

— Pelo amor de Deus! Você acha que vou conseguir ficar aqui enquanto Helena pode estar sendo alvejada por tiros? — falo exasperado. — Eu vou com vocês!

— Antoine... — Oliver começa.

— Não adianta tentar me convencer do contrário, Durand. Já me decidi.

— Tudo bem, então coloque isto. — O delegado me estende um colete à prova de balas.

Ninguém mais tenta me impedir. Seguimos pelo beco, as pessoas transitam normalmente como se isso fosse corriqueiro por aqui. Chegamos à casa de tijolos à mostra, no meio do morro.

— Esta é a casa. — Jamanta aponta.

— Tem certeza de que quer entrar? — o comandante pergunta a mim. — Não será fácil. Como não tem treinamento, pode se ferir.

— Estou disposto a correr o risco.

— Então vamos, você vem atrás de mim e você — ele aponta para o Oliver — vá com o Caio e o Jamanta.

— Certo — Oliver responde já se posicionando.

— Nos dividiremos. Vocês vão pelo fundo. Eu irei pela frente. Assim ele não terá por onde fugir.

O grupo em que fiquei entrará pela frente. Tudo pode acontecer agora. Eles serão surpreendidos e isso pode acarretar em resistência para se entregarem.

Nós nos aproximamos da porta, o comandante bate e se coloca de lado. Logo um homem abre e é imobilizado pelos dois policiais, enquanto o comandante segura a arma em punho, dando cobertura.

— Onde está a garota? — um dos policiais questiona.

— Não sei do que está falando.

— Claro que sabe e será melhor para você se começar a falar — o comandante diz calmamente. — Posso amenizar seu lado se cooperar.

Meu coração está quase saindo pela boca. Adrenalina a mil. Nunca imaginei participar ativamente de uma ação policial. Estou atento à resposta do sequestrador.

— Eu não sei de nada! — ele insiste e o policial o segura ainda mais forte contra o chão. — Eu juro! — diz com dificuldade.

— Quantas pessoas estão na casa? — o comandante volta a questionar.

— Apenas eu e meu irmão. O que está acontecendo?

— Está mentindo! Vou perguntar mais uma vez: quantas pessoas na casa?

— Meu irmão trouxe a namorada. Eles estão no quarto.

— Bom menino, vai abrindo o bico...

— Eu realmente não sei de nada — o bandido torna a falar.

— Algeme-o e o coloque no camburão — o comandante fala com um dos policiais. — Vocês dois, venham comigo.

Ele dá a ordem a mim e ao outro policial. Fazemos conforme ordena.

Aos poucos entramos na casa. Parece pequena. Quase não tem móveis. Parece mais uma casa abandonada. Vamos entrando devagar. Os dois vão à frente, com a arma em punho, averiguando se os cômodos estão vazios. Fazemos o percurso até encontrar um quarto trancado. No fundo do corredor há uma escada que leva ao andar de baixo.

O comandante faz um sinal para que o policial fique do outro lado para lhe dar cobertura. O homem assim o faz. Ele me manda recuar apenas com o olhar. Faço o que ele pede.

Então ele bate à porta. Duas vezes.

— Já disse para não me incomodar, Calé! — o homem ralha lá de dentro.

— Abra a porta, é a polícia!

— Deu merda! Corre! — ouvimos ele dizer lá de dentro.

Neste mesmo instante o comandante bate contra a porta forçando nossa entrada. Um barulho alto sai lá de dentro. Mais uma vez o comandante se joga contra a porta. Não demora e ela é escancarada, revelando um quarto vazio. As janelas abertas.

— O desgraçado fugiu! — o comandante se dá conta. — Merda!

Observo o quarto e vejo telas de segurança. Quatro imagens são mostradas ali e meus olhos caem sobre uma quando a reconheço. Ali está Helena, presa por aquela merda do Cadu.

Ele a segura, apontando a arma para sua cabeça. Mas o que está acontecendo ali? Ele então aponta a arma para a frente e dispara. Eu ouço o som agudo da bala atravessando algo.

Não espero mais nada, saio correndo e desço as escadas que estão no fim do corredor.

— Senhor, espere! — o comandante fala, mas não paro.

Chego à parte de baixo da casa, pelas escadas de madeira. Parece um porão. O lugar é escuro e abafado, não tem ventilação. As paredes são de madeira e a impressão que dá é de que foi construída depois da casa pronta. Há madeiras segurando o piso superior. Sinto um arrepio. Penso no perigo que corremos aqui embaixo. A qualquer momento tudo isso pode desabar.

Procuro pelo celular no bolso e não o encontro. Mais tiros são ouvidos. Acelero os passos. Colo uma das mãos na parede para me apoiar.

Aqui embaixo parece um labirinto devido à quantidade de madeira apoiando o piso superior. Uma luz brilha atrás de mim. Olho e vejo o policial com uma lanterna se aproximando. O teto, as paredes e o chão são de madeira velha e mofada. O que deixa tudo ainda mais assustador.

— Deixe que eu vá na frente — ele fala já tomando a dianteira.

— O que pensa que está fazendo, senhor Fontaine? — o comandante me repreende.

— Ela está aqui, aquele louco vai matá-la.

— Faremos o possível para impedir isso, mas você precisa deixar que a gente trabalhe.

Fico quieto e os dois tomam a frente. Ao virarmos à esquerda, vemos uma fraca luz e o restante do pessoal. Eles entraram pelos fundos e chegaram aqui primeiro.

— Antoine, você está bem? — Oliver se aproxima de mim.

— Sim! Você a viu? Ela está ali com ele?

— Sim, ela não parece bem. Ele a está usando como escudo. Quando percebeu que estávamos entrando correu para o quarto e a pegou. Está armado e disse que vai matá-la se não o deixarmos fugir — explica o que viu.

— Que merda! E os tiros?

— Ele atirou contra nós, no momento em que arrombamos a porta.

— Ele não tem para onde fugir. Deixe-me tentar conversar com ele.

— É perigoso, Antoine. Deixe a polícia resolver.

— Não posso ficar aqui parado enquanto Helena fica à mercê desse doido.

Aproximo-me do comandante, que conversa com o delegado.

— Vamos deixar que ele se canse. Quando perceber que não tem outra saída, vai se render — o delegado fala.

— Não acho que irá se entregar fácil. Isso elevará ainda mais seu estresse e colocará a moça em perigo maior — o comandante responde.

— Deixe-me falar com ele — sugiro.

— É melhor que nem o veja, já que o senhor é o pivô de tudo isso.

Ele tem um pouco de razão. Mas não posso ficar aqui vendo-o ameaçar a vida da Helena e não tentar fazer nada.

— Deixe-me tentar, ele não tem para onde correr. Vocês me dão cobertura.

— Eu acho arriscado — fala depois de me analisar —, mas, se você quiser tentar, pode ser que funcione.

— Diga como devo fazer.

O comandante me explica e faço conforme ele me orientou. Caminho devagar e, antes de me colocar à frente da porta, eu digo:

— Cadu, você está me ouvindo?

— Quem está aí?

— Antoine... — Escuto Helena falar com a voz enrolada.

— Sou eu, o Antoine. Deixe que a Helena caminhe para fora do quarto. Eu garanto que nada vai lhe acontecer se escolher acabar com isso agora.

— E por qual motivo acha que vou deixar a Helena ficar com você? Ou ela sai daqui viva comigo, ou saímos os dois mortos. Não tenho mais nada a perder.

Ele não está para brincadeira. Não vai ceder facilmente. O desespero começa a me dominar, não sei o que fazer.

— Antoine... — Helena me chama e não consigo ficar escondido. Eu me aproximo da entrada do cômodo.

Fico diante deles e a vejo à frente do Cadu. Parece drogada, mal consegue se sustentar em pé. Seus cabelos estão sujos e pregados à cabeça. Sua pele ressecada, os olhos fundos com olheiras bem escuras. Provando-me que não foi bem tratada aqui.

— Sabe, devo admirá-lo. Você é mesmo corajoso. Arriscando sua própria vida por causa dela! — ele fala ao me ver diante da porta. E cheira o pescoço de Helena. — É... Realmente ela vale a pena, não é?

— Vamos resolver esse problema nós dois, deixe Helena fora disso — tento ganhar tempo.

Ele balança a cabeça em negativa e me dirige um olhar sarcástico.

— Eu não tenho nada com você. Meu problema é com a Helena. Você está sobrando nesta equação. Desde o início. Eu estava quase conseguindo quando você reapareceu na vida dela.

— O que ganha se a matar? Deixe-a sair, ela precisa de cuidados médicos, não está vendo?

— Eu deveria ter acabado com você naquela noite. Você estava tão ligado, que nem ia saber do que morreu. Mas a loira tinha planos com você. Acha que vai ter as duas? Não, não vai! — ele grita.

— O que vocês fizeram comigo aquela noite? — tentava ganhar tempo para que os agentes pudessem pensar no que fazer.

— Foi tudo ideia daquela louca. Eu estava torcendo para dar errado e que você viesse a sofrer uma parada cardíaca... — Ri debochado. — Mas pelo jeito a loira tinha razão, você é forte, aguentaria. E como prova, está aqui, então quer dizer que ela conseguiu. — Ele ri.

— Antoine... Ève... — Helena tenta falar, sua voz sai grogue.

— Cale a boca, Helena! — Cadu a aperta mais contra seu corpo.

— Ela precisa de ajuda médica, Cadu. Deixe-a ir.

— Para você ficar com ela? Nunca!

— Eu não quero a Helena. Vou me casar com Ève, ela espera um filho meu.

— Não... Antoine... — Helena volta a falar.

— Cale a boca, Helena! — ele torna a gritar com ela.

Podia sentir sua instabilidade de longe. Ele tremia. A arma ia de mim para Helena. Sabia que a situação estava cada vez mais difícil. Tudo poderia acontecer.

— Vamos resolver isso como pessoas civilizadas. Você libera Helena para que ela tenha cuidados médicos e se entrega. Vou tentar ajudá-lo a reduzir sua pena.

— Você vem com essa conversinha mole, acha que me engana? Quem planejou tudo isso aqui foi sua futura esposa. Por ela, Helena já estaria morta. Eu estou salvando a Helena! Eu!

Ele afrouxa um pouco o braço e Helena cai no chão. Sou movido pelo impulso e avanço sobre ele. Preciso desarmá-lo. A movimentação atrás começa. Antes que me dê conta do que está acontecendo, ouço o barulho do tiro.

Um dos policiais atira na perna do Cadu. Ele cai de joelhos. Helena se encolhe abraçando o corpo. Mal tenho tempo de me levantar e ouço um novo disparo. O grito de Helena chega aos meus ouvidos:

— Nãããããããoo!

Então tudo fica escuro.

CAPÍTULO 25

Acordo desorientada. Peguei no sono e não sei por quanto tempo dormi. Continuo fraca e desidratada. O quarto continua escuro. Já não faço ideia se é dia ou noite e isso me deixa ainda mais perdida. Sento-me devagar, buscando enxergar alguma coisa.

Olho para a mesinha no canto da parede e parece que colocaram água e pão de novo. Tento me pôr de pé. Levanto-me lentamente para não ficar tonta. Caminho devagar. Apalpo as coisas sobre a mesa. Sim, tem pão e água.

Bebo metade do líquido e como o pão, terminando de beber todo o conteúdo do copo. Ainda tenho sede, preciso de mais água. Até quando vai durar este martírio? Caminho de volta para a cama.

Espero que o Cadu não traga Antonella para este lugar. Espero que a Carla já tenha dado pela minha falta e que não entregue minha filha a ele.

Por que não fiquei com meu celular no bolso? Nesta hora poderia pedir ajuda.

— Helena, larga de ser tonta. Acha que esses bandidos iriam permitir que você ficasse com um celular? Claro que não! — falo comigo mesma.

Começo a me sentir estranha. Um formigamento toma conta do meu corpo. Deve ser porque comi rápido demais e estava com o estômago vazio.

Deito-me sentindo uma sonolência estranha. Um barulho me desperta. Uma luz é acesa, cegando-me imediatamente.

— Venha, Helena — a voz de Cadu me tira do transe.

Ele me puxa, colocando-me de pé. Minhas pernas parecem feitas de gelatina. Não consigo me firmar sobre elas.

— Que droga, Helena! Fique de pé.

Minhas vistas ainda estão se adaptando à claridade. Eu posso ouvir perfeitamente, mas minha visão está distorcida. Vejo apenas vulto e minha coordenação motora é inexistente.

— Não devia ter lhe sedado. Agora as coisas vão ficar ainda mais difíceis — Cadu fala.

Eu estava drogada, em função disso essa sonolência. Em consequência mal conseguia me manter de pé. Começo a temer pelo meu bebê e levo a mão à barriga. Pobrezinho, ainda tão pequenino tendo que passar por tudo isso. Perdão, pequeno. Perdão por fazê-lo passar por isso.

Uma lágrima silenciosa escorre por minha face, quando em um estrondo a porta do quarto é atingida.

— O que está acontecendo? — pergunto, mas duvido que Cadu possa entender o que eu falei.

Sinto a língua grossa. Minha dicção não está normal.

— Se você prometer ficar quietinha aqui comigo, garanto que ficaremos bem.

Mais um estrondo e a porta cai no chão. Cadu aponta a arma para o lugar e dispara alguns tiros. Agora consigo enxergar. Apenas uma luz muito fraca ilumina o quarto. O corredor está escuro. Posso ouvir passos, mas não vejo ninguém.

Um pequeno espelho foi posicionado no canto da porta. Não consigo ver quem o está segurando. Quando Cadu vê, dispara mais alguns tiros contra o lugar.

Minhas pernas tremem. Meu corpo parece pesar uma tonelada. Cadu está nervoso. Posso sentir seu coração acelerado batendo contra minhas costas. Então me dou conta de que estou sendo seu escudo.

Que ordinário!

A raiva e a incredulidade tomam conta de mim. Eu confiava nele.

— Cadu, você está me ouvindo? — a voz do Antoine chega aos meus ouvidos.

Um misto de alívio e medo me invade.

— Quem está aí? — Cadu grita nervoso.

— Antoine... — tento alertar que Cadu está armado, mas minha voz sai como um sussurro.

Não consigo falar. Meu raciocínio começa a ficar lento e confuso. Vejo-me em um filme de terror.

Antoine tenta convencer Cadu a me liberar. Temo que algo ruim possa acontecer a mim ou ao Toine. Como minha vida pode ter chegado a esta condição? O desespero me bate.

Minhas pernas voltam a fraquejar. Eles discutem. Cadu ameaça me matar. Só consigo pensar na Antonella. Não posso morrer agora, não desta forma.

Antoine chega à porta do quarto e fica na mira do Cadu. Ele não demonstra medo. Sinto-me protegida apenas em saber que está aqui comigo.

— Antoine... — tento lhe avisar dos planos que Cadu e Ève armaram contra ele, mas minha língua se enrola ainda mais.

A droga que me deram está agindo ainda mais forte em meu sistema nervoso.

Tento entender o que tanto eles conversam, mas tudo parece um borrão diante de mim. Não consigo compreender o que falam. Meu corpo está cada vez mais pesado. Meus olhos insistem em se fechar. Faço um esforço tremendo para mantê-los abertos.

Sinto meus joelhos se enfraquecerem, Cadu não consegue me sustentar, acabo caindo no chão. Neste momento um barulho ensurdecedor atinge meus ouvidos. Levo as mãos à cabeça tentando me proteger. Abraço meu corpo e tento me encolher o máximo que consigo.

Levanto o olhar e nesta hora vejo muitos homens correndo de um lado a outro. Antoine está no chão. Eu quero correr até ele, mas a única coisa que consigo é gritar.

— Nãããããããoo!! — o grito rasga minha alma.

Tiros são disparados e agora um corpo cai em cima de mim. Cadu foi atingido. Seu sangue escorre em mim. Sinto náusea. Volto a fechar os olhos.

Escuto vozes de longe. Parece que falam dentro de caixas.

— Retire-o de cima dela, Jamanta.

— Vou ligar para a emergência!

— Já fiz isso!

— Leve-a no colo!

— Eu cuido dele até o resgate chegar!

— Ela precisa de um médico, está convulsionando!

— Corre! Socorre ela!

As vozes vão ficando fracas, mais fracas, até sumirem. Uma luz branca me envolve.

Abro os olhos devagar, a luz é forte. Volto a fechá-los. Sinto uma fisgada na mão quando tento movimentar.

— Não se movimente. Ou vai perder mais uma veia — a voz doce e reconfortante da minha amiga me faz abrir os olhos —, foi difícil conseguir essa veia no estado em que você chegou aqui. Estava muito desidratada.

— Carla...

— Sim, estou aqui. Não se esforce. Você precisa descansar para recuperar o que perdeu. Ficou muitos dias sem água e comida.

— Meu bebê... — falo ainda com dificuldades.

Minha garganta está seca.

— Está tudo bem com você e com seu bebê. Por um milagre vocês dois estão bem.

— Antonella?

— Antonella está bem. Está feliz por você ter sido encontrada. Por mais que tentamos esconder dela, não foi possível. Sendo filha de quem é, foi preciso contar a ela tudo o que aconteceu.

— Mas...

— Nada de mais... — ela me interrompe —, descanse, você passou por muita coisa e ainda não se recuperou. Precisa pensar em você e no seu bebê. Todo o resto já está sendo cuidado.

— Onde ela está? — insisto.

— Ela e a Dalva estão no hotel junto com a Juliet. Tem segurança espalhado por todo lugar dentro daquele hotel. Eu disse que você não precisa se preocupar. Apenas descanse para podermos voltar para casa o quanto antes.

Sinto mais alguém dentro do quarto e vejo uma enfermeira aplicando uma medicação no acesso venoso.

— O que é isso?

— Um analgésico, vai se sentir melhor agora.

— Eu preciso saber... O Antoine...

— Shiii... Vai ficar tudo bem, se acalme, Helena.

Sinto-me cansada, fecho os olhos por um instante.

Ouço uma voz ao longe.

— Não posso contar isso a ela agora! Não, ela não precisa saber isso logo agora que está quase se recuperando. Não! Eu não vou ser portadora dessa notícia. Não, nem pensar! — Eu me mexo com cuidado. — Ela está acordando, conversamos depois.

Abro os olhos com um pouco mais de facilidade.

— Bom dia, flor do dia! Como está se sentindo?

— Estou bem! Com quem estava falando?

— Com ninguém, oras. Estamos só nós duas aqui.

— Carla, eu ouvi você falando.

— O que exatamente você ouviu? — Sinto nervosismo em sua voz.

— Não entendi nada da conversa, mas ouvi você conversando.

— Era Juliet ao telefone. Ela disse que vem vê-la mais tarde.

— Está bem. Quanto tempo eu dormi?

— Algumas horas. Você passou por muita coisa, o médico achou melhor sedá-la para que descansasse. Enquanto isso, foi hidratada, alimentada, seu bebê continua aí, saudável e bem guardado.

— Nossa... — Levo a mão à barriga. Ela já começa a ficar saliente. — Carla, o que aconteceu? Como cheguei aqui? — Ainda estou confusa, muitos pesadelos rondam minha mente.

— Você foi sequestrada, mantida cativa por três dias. — Flashes de lembranças voltam a minha mente. — Eu quase morri sem ter notícias suas! Mas graças a Deus foi resgatada e a trouxeram para cá.

— Que hospital é este?

— O Sírio-Libanês.

Minha consciência quase me derruba da cama.

— Carla do Céu! Como vou pagar a conta deste hospital?

— Acho que você não precisa se preocupar com isso. Como foi mesmo que aquele advogado disse? Ah, sim: "a equipe deste hospital é multidisciplinar e está preparada para lidar com casos de qualquer complexidade" — ela engrossa a voz para imitá-lo.

— Mas eu não tenho a mínima condição de arcar com essa despesa.

— Eu sei e disse isso a ele. Ele me garantiu que você não deve se preocupar com nada. Então relaxa, amiga, e trate de se recuperar logo!

— De que advogado você está falando? — Vejo que ela fica perturbada com minha pergunta.

— O advogado do Antoine — diz num sussurro.

A simples menção do seu nome já faz meu coração se acelerar. Mais imagens dele vêm a minha mente. Não sei o que foi real ou ilusão. Tudo ainda está muito confuso em minha cabeça.

— Sinto-me tão confusa! Não me lembro direito de como tudo aconteceu.

— Isso é normal. Você passou por um momento de grande estresse, e estava drogada, é normal que seu cérebro bloqueie algumas memórias.

— Mas não é só isso... Há algo que não encaixa, não sei explicar. Eu não consigo me lembrar.

— Você foi drogada grande parte do tempo em que ficou presa. Muitas memórias a deixarão confusa entre a fantasia e o que realmente aconteceu. — Ela me analisa. — Tente relaxar para que se recupere logo e possa vir para casa.

— Carla, o que aconteceu com o Antoine?

— Ele está se recuperando também. — Ela engasga, não me olha nos olhos, sei que está escondendo algo.

— Carla, pode me dizer a verdade... O que você está escondendo?

Ela anda pelo quarto e minha cabeça cria mil teorias. Meu coração volta a se acelerar. O que de tão ruim ela não pode me dizer?

Algumas imagens dele vêm em minha memória. No cativeiro... O vejo caído no chão, desacordado.

— Nãããão!!! — grito a todo pulmão.

Mesmo estando fraca, me desespero.

Sinto dores por todo o corpo. Um desconforto como se houvesse ficado por horas na mesma posição. Tento me mexer e sou impedida por uma dor aguda na mão direita.

— Droga, Helena! Você arrancou o acesso! — Carla ralha comigo. — Está muito agitada.

Abro os olhos e confiro o que ela disse. O sangue escorre no dorso de minha mão. Logo uma enfermeira entra no quarto e recoloca o acesso, agora na mão esquerda.

— Ainda preciso disso? — pergunto com a voz sonolenta.

— Sim, precisa terminar este último frasco de soro. Depois estará livre. Poderá continuar com sua medicação via oral. Daqui a pouco a psicologa vemconversar com você.

Concordo com a cabeça. Não gosto de me sentir presa. A enfermeira termina seu trabalho e sai do quarto. Encaro minha amiga, que me olha com cara de preocupada.

— Carla, o que está acontecendo? Você está muito estranha! É sobre a Antonella?

— Não, ela está bem. Você é quem está em uma cama de hospital — ela brinca.

— Por favor, me conte o que está acontecendo, é algo com o Antoine?

— Se prometer não se exaltar, eu conto o que aconteceu.

— Carla! Você parece me esconder algo e não estou gostando disso. Tem certeza de que Antonella está bem?

— Sim. Ela está ótima! Está com saudades de você. A pobrezinha está decepcionada porque passou o aniversário de dez anos sem você.

— É verdade... — Minha menina faria dez anos alguns dias depois da campanha da Juliet. — Poderemos comemorar assim que sair daqui. — Respiro frustrada. — Mas, se nada aconteceu com Ella, o que está me escondendo?

— Muitas coisas aconteceram desde que foi levada por aqueles homens. Aquele advogado que cuida de tudo para o Antoine está atrás da mulher que estava junto com o Cadu, em seu sequestro. Cadu se nega a entregar a comparsa. Que cretino esse Cadu! Nunca podia imaginar que ele fosse capaz do que fez!

— Fiquei chocada quando percebi que ele estava envolvido. Mas fiquei ainda mais espantada em descobri quem estava envolvida junto com ele.

— E você sabe quem é?

—Sei. Eu a ouvi conversando com o Cadu e reconheci sua voz. Eles estavam juntos nisso, como ele pode ter me enganado dessa forma? Eu pensei que ele fosse meu amigo!

— Ele enganou a todas nós. Fiquei muito surpresa quando o advogado nos contou tudo. Mas quem é a mulher misteriosa?

— E o que mais ele falou? — corto sua pergunta.

Ela me olha desconfiada, mas não me cobra uma resposta.

— Ele contou como foi seu resgate. Disse como você foi forte por suportar passar por tudo o que passou.

— Quero saber do Antoine... Eu o vi caído no chão. Onde ele está?

Ela mexe nos cabelos nervosa. Olha para suas mãos. Então me olha nos olhos.

— Não acreditoquevai medeixar curiosa — ela choraminga — sabe que não gosto deste suspense todo.

— Me conte sobre o Antoine e eu lhe conto quem é a comparsa do Cadu.

— Meu Deus... como você ficou chantagista. — Você nãoé a Helena. Cade a minha amiga?

— Pare de enrolar e me diga logo!

— Promete não surtar?

— Carla, eu preciso saber! Ele não sobreviveu... É isso que está querendo me dizer e não tem coragem? — digo com a voz embargada.

— Não! Há muita coisa que você ainda não sabe. Preciso ter certeza de que ficará bem, para ouvir tudo!

— Diz logo, Carla! Você está me martirizando com esse mistério todo.

— Tudo bem. Mas se você se alterar, vou precisar pedir ajuda.

— Carla... Prometo aguentar. Diz logo!

Ela chega mais perto da cama e se senta ao meu lado. Respira fundo e começa.

— Helena, o Antoine foi gravemente ferido. Ele usava colete à prova de balas, mas o tiro atingiu sua cabeça.

— Ai, Carla... — não consigo segurar o choro — Ele vai sobreviver?

— Ainda não sabemos! Passou por duas cirurgias para remover o projétil. O tiro que o Cadu disparou contra ele se alojou no crânio. Eu não posso lhe dizer os danos, porque eu não sei. O que sei é que ele se encontra em coma.

Engulo em seco. Se eu não tivesse me envolvido novamente com o Toine, ele não estaria nessa situação.

— Tudo por minha culpa! — Choro com dor na alma.

— Claro que não! Você não tem culpa de nada. Fique calma! Isso não fará bem ao bebê.

— A culpa por ele estar nesta situação é toda minha! Eu me reaproximei dele, mesmo sabendo que não deveria — falo em meio ao choro.

— Não fique assim, tente se acalmar, pense no bebê.

Choro ainda mais ao pensar que meus filhos podem não conhecer o pai. Carla tenta me consolar em vão. Tive tantas oportunidades de contar ao Toine toda a verdade, e agora ele pode morrer sem saber que me deu dois filhos.

Meu soluço sai alto. Carla me aperta ainda mais em seus braços. Ela me acalenta como a um bebê.

— Fique calma, você não pode ficar assim. Não quero ter que chamar os médicos para te sedarem novamente. Tente se acalmar.

O choro vai se acalmando até que não resta mais lágrimas.

— Eu quero vê-lo.

— Não sei se isso será possível.

— Por quê?

— O pai dele chegou nesta manhã e trouxe "aquelazinha" com ele.

— Quem? Ève?

— Sim, ela mesma!

— Eu preciso contar tudo ao Antoine! — Volto a ficar agitada e Carla ameaça pedir ajuda.

— Não! — peço quase implorando. — Se me medicarem novamente, não terei a chance de contar tudo que eu sei.

Carla me olha consternada.

— Me ajuda, Carla. Eu preciso ver o Antoine.

— Tá bom! Me deixe ver o que posso fazer.

— A enfermeira disse que logo vou ficar livre disso. — Aponto para o frasco de medicação suspenso acima de mim. — Me ajude a chegar até ele.

— Tudo bem, vou pedir ajuda a Juliet.

— Ouvi meu nome? — Juliet entra no quarto.

— Chegou em boa hora — Carla comenta.

— Vim te liberar. Pode ir para casa tomar um banho, descansar. Deixa que eu cuido dessa moça — Juliet fala se aproximando e me beijando na testa. — Oi, como você está?

— Estou tentando processar tudo que me aconteceu. Tem notícias do Antoine?

— Tenho, sim. Mas antes quero saber sua real situação.

— Estou bem, dentro do possível. Minha cabeça às vezes parece aérea, ainda fico confusa com os acontecimentos. Fisicamente já estou me recuperando.

— Que bom! Isso é ótimo!

— Sim... Agora me conte — imploro — Como está o Antoine?

— Então... — ela começa devagar, às vezes olhando para a Carla. — Ele ainda continua em coma. Pode acordar a qualquer momento, isso só depende dele. Mas...

— Mas o quê? — interrompo-a ansiosa.

— Sinto muito, querida, o padrinho chegou ontem e quer levar o Antoine de volta para a França.

— Não... Eu preciso que ele saiba a verdade. Ele não pode levá-lo.

— Não podemos impedi-lo, Helena. Ele apenas quer o melhor para o filho.

— Deixe-me falar com ele. Eu preciso lhe contar tudo o que aconteceu.

— Vou pedir que venha vê-la. Não garanto que isso aconteça. Porque Ève está junto e sabe como ela é manipuladora.

— Aquela víbora! Tudo aconteceu por causa dela!

— Do que você está falando? — Juliet me olha desconfiada e Carla se aproxima para entender melhor.

— Ela é a responsável pelo meu sequestro. Consequentemente é a culpada por deixar o Antoine nesta situação.

— Como assim, ela é a responsável? — Juliet se espanta.

— Ela e Cadu se uniram para me separar do Antoine.

— Helena, esta é uma acusação muito grave. Você tem certeza disso?

— Sim, eu tenho! Não a vi. Mas a ouvi conversando com o Cadu. Sua voz é inconfundível. Eu a reconheceria de longe.

— Você precisa contar tudo que sabe ao Oliver — Juliet fala. — Vou pedir a ele que venha conversar com você. Quem sabe assim podemos desmascarar de vez aquela mulher insuportável.

— Se ela foi capaz de tudo isso, então Antoine corre risco com aquela mulher por perto — Carla diz pensativa.

— Aquela mulher é capaz de tudo para ter o Antoine. Mesmo que para isso ela precise feri-lo — digo com tristeza na voz.

— Sei bem do que Ève é capaz. Vou ligar agora mesmo para o Oliver — Juliet diz já saindo do quarto.

Começo a narrar para Carla tudo que aconteceu e que ainda não havia lhe contado. Ela fica horrorizada com o que ouve.

— Não acredito que Ève foi capaz de tamanha maldade. Tudo para ter o Antoine em suas mãos.

— Eu só não estou morta porque o Cadu queria fugir comigo. O plano era me deixar confusa e sem saída para aceitar viver com ele. Se dependesse de Ève eu estaria morta.

— Agora tudo faz sentido! O advogado vai surtar quando você contar a ele tudo isso. Era a peça que faltava para completarem toda a trama.

— Eu preciso contar isso ao Antoine para que ele não caia na armadilha que ela preparou.

— E se ela também estiver grávida dele? Porque ela pode ter conseguido engravidar, afinal de contas fez tudo para conseguir.

— Não sei nem o que pensar. Será um inferno para a vida do Antoine, pode ter certeza.

Uma batida à porta e logo ela é aberta. A enfermeira entra segurando uma bandeja.

— Como você está? — ela pergunta.

— Me sinto melhor.

— Que bom. Se não sentir mais nada até amanhã, receberá alta. Por agora, ficará livre disto. — Ela começa a remover o adesivo que fixa o acesso à minha veia.

— Que bom, já não aguento mais ficar aqui.

Ela sorri, pois deve ouvir isso de muitos pacientes. Remove tudo com cuidado para não me machucar ainda mais. Respiro aliviada quando tudo termina.

— Pronto. Se quiser, pode tomar um banho agora. — Isso seria muito bom, por mais que fosse feita minha higiene, nada se compara a um bom banho de chuveiro. — Antes, porém, ande um pouco pelo quarto. Você ficou muitos dias apenas deitada. Pode ser que fique tonta ao se colocar de pé.

— Tudo bem. Farei isso.

— Qualquer coisa posso ajudá-la — Carla diz.

— Seria ótimo sua ajuda, pois ela pode se sentir fraca e acabar caindo — a enfermeira endossa.

— Estarei aqui e não deixarei que isso aconteça.

A enfermeira sai e Carla me ajuda a descer da cama. Ando um pouco com seu apoio e, quando me sinto confortável, tomo um banho digno.

Lavo não somente meu corpo e cabelo. Lavo minha alma. Com a dignidade renovada, cabelos limpos e penteados, volto ao quarto.

Estava decidida a revelar tudo o que sabia sobre Ève e Cadu para o advogado de Antoine. Eu sabia que era perigoso, mas precisava fazer justiça e proteger aos que eu amo. Passo uma das mãos sobre meu ventre.

Eu precisava correr o risco. Todos precisam saber quem realmente é a aquela víbora da Ève. Conforme Juliet promete, ela traz o advogado.

Eu estou comendo uma canja quando eles passam pela porta.

— Cheguei em uma má hora? — Juliet indaga.

— Não, entre. Já estava acabando. — Tomo a última colherada.

A canja não está gostosa como as que Dalva faz, mas o conforto que senti ao comer o caldo quente a torna deliciosa.

Juliet se senta ao lado de Carla no pequeno sofá-cama e o advogado puxa a cadeira e se assenta ao lado da cama.

— Oi, Helena, espero que esteja bem e tenha se recuperado de tudo pelo que passou. Meu nome é Oliver Durand. Não fomos devidamente apresentados.

— Oi, Oliver. Estou me sentindo bem melhor agora. Sei que foi você quem descobriu meu cativeiro. Obrigada por ter me ajudado.

— Eu lhe peço desculpas por tê-la tratado tão mal quando precisei desligá-la da empresa. Eu desconfiava que você estava roubando a Essential.

— Roubando? Como assim?

Ele olha para a Juliet e Carla, voltando a me fitar.

— Podemos conversar sobre isso mais tarde? Eu realmente preciso saber tudo que sabe sobre o seu sequestro. A Juliet me disse que você sabe algo que ouviu do Cadu.

— Bom, vou contar tudo que sei. Mas em troca quero saber tudo sobre essa história de roubo.

— Tudo bem. Será uma troca justa.

Começo a explicar tudo o que aconteceu desde que me encontrei com Antoine a primeira vez até o sequestro.

Oliver fica chocado com a história, mas não surpreso.

— Você já sabia quem era ela, não é?

— Sim, enquanto Antoine tentava negociar com o Cadu, ele disse muitas coisas comprometedoras sobre Ève.

— E por que ela está aqui no hospital e não na cadeia?

— Estou aguardando o mandado de prisão. Como ela não é uma cidadã brasileira, as coisas se complicam um pouco. Eu preciso descobrir se tem alguém por trás dela. Tem alguma peça que ainda não se encaixou.

— Espero que tudo possa ser esclarecido logo. Agora que lhe contei tudo que sabia, quero ouvir sobre essa história de roubo. Como podem ter pensado que eu seria capaz de roubar a empresa em que trabalhava?

Oliver me olha sem graça e começa a narrar. Conta tudo que imaginou até a parte em que o Cadu retira todo o dinheiro da conta. Ele sabia que Ève não tinha ligação com o dinheiro.

— Você sabe de algo ou alguém que liga o Cadu com a Essential ou a Fontaine?

— Espera! Me lembrei de onde eu conhecia o Cadu! — Juliet, que até agora estava calada, se manifesta.

Olhamos para ela esperando que continue.

— Já faz algum tempo que eu me esbarrei com ele na Fontaine, em Paris. Ele estava reunido com o Badeaux.

— Com o Badeaux? — Oliver questiona.

— Sim, eu havia acabado de sair do elevador, no andar da diretoria, quando me esbarrei nele saindo da sala do Badeaux. Meus papéis caíram da pasta que eu segurava e ele me ajudou a pegar. Tenho certeza de que era ele. Sou boa fisionomista. Eu sabia que já o tinha visto.

— Vou investigar essa nova informação — Oliver anuncia já se levantando e imediatamente começando a tomar providências legais.

Faz vários telefonemas e, quando tudo se normaliza, volta a se sentar. Eu me sinto aliviada por ter finalmente colocado tudo em pratos limpos e ter a ajuda de um profissional.

Ele então limpa a garganta e diz que logo tudo será esclarecido.

CAPÍTULO 27

Na manhã seguinte, recebo alta. Antes de ir ver minha filha, preciso ver o Antoine de perto. Consegui autorização médica para subir ao Centro de Tratamento Intensivo. Carla e Juliet me acompanham. Ao chegar à sala, apenas eu posso entrar.

— Vá, Helena, ficaremos aqui fora aguardando. Fique o tempo que precisar.

— Tudo bem.

Estou trêmula. Eu tenho uma ideia de que não verei uma cena bonita. Um paciente em coma é mantido ligado a máquinas.

Mas eu estava enganada. A cena é ainda mais difícil de encarar do que eu imaginei. Posso notar que Antoine já perdeu peso. Seu corpo imóvel está coberto apenas por um fino lençol. As máquinas respiram por ele. Um tubo sai de sua boca. Seu rosto está coberto por uma máscara de borracha.

Está irreconhecível. Fico inconsolável ao vê-lo desta forma. Eu me culpo por tudo o que aconteceu, desde a sabotagem na empresa até o sequestro. Sinto que, de alguma forma, tudo isso é culpa minha.

Mesmo sabendo que Antoine não pode me ouvir, começo a conversar com ele. Segurando sua mão, narro começando por quando descobri a gravidez de Antonella.

Eu conto e choro. Narrar a ele tudo que passei me faz reviver cada momento que passei com nossa filha. Mesmo que ele não possa responder, continuo. O relato me emociona. Meu rosto está molhado. As lágrimas são densas e nublam minha visão. Finalizo colocando sua mão em meu ventre.

— Agora teremos mais um bebê, meu amor. Meu e seu. Desta vez, espero que possa acompanhar tudo. Desde o início. Volta para nós! — Limpo o rosto com o dorso da mão. — Sei que terei de lhe contar tudo isso novamente, mas não me importo. Eu preciso de você, Toine! Volte.

Sinto em sua mão um leve tremor.

— Você pode me ouvir, meu amor?

— Já ouvi relatos de que ouvir a voz de pessoas próximas as quais amamos ajuda a conduzir a pessoa de volta.

Eu me assusto com a voz atrás de mim, virando-me devagar. Pietro Fontaine está ali. Ele me olha atentamente, observando a mão de seu filho sobre a minha barriga. Sinto meu rosto corar. O que será que ele ouviu? Solto delicadamente a mão de Antoine.

— Oi, senhor Fontaine. Há quanto tempo está aqui?

— A tempo suficiente — ele diz somente.

Ouço vozes alteradas do lado de fora. Posso identificar a de Juliet, Carla e Ève. O que elas estão fazendo? O senhor

Fontaine também percebe a confusão lá fora. A enfermeira entra e pede que nós dois nos retiremos, pois extrapolamos o horário permitido.

Saímos e nos deparamos com a discussão entre as meninas e Ève. Quando ela coloca os olhos sobre mim eles faíscam fogo.

— O que você faz aqui?

— O que está acontecendo aqui? — senhor Fontaine intervém. — Se esqueceram de onde estão? Aqui não é lugar para essa gritaria toda.

— Mas padrinho, foi Ève quem começou.

Enquanto Juliet tenta justificar toda a confusão, eu posso ver o quanto Ève está furiosa por ter seu plano frustrado. Ela sabe que minha presença pode acabar com tudo que ela planejou. Eu não irei cair em sua provocação. Sei que é apenas questão de tempo para ela fazer companhia ao Cadu na cadeia.

Carla e Juliet explicam a Fontaine que não deixarão Ève se aproximar de Antoine, que ela não é bem-vinda e que elas têm motivos para fazer isso. Eu me protejo atrás do pai de Antoine.

Ève está furiosa e discute com as meninas. Eu temo que ela faça algo aqui comigo. A discussão é encerrada com a chegada dos seguranças, que nos expulsam do andar do CTI.

Ève sai a nossa frente, demonstrando o quanto está ultrajada.

— Não podemos deixar que ela fuja — Carla cochicha ao meu ouvido.

— Logo ela terá o que merece.

— Você é muito boa, Helena. Se fosse eu, já teria arrancado algumas mechas daquele loiro falso.

— Você que é muito esquentada. Não podemos fazer justiça com nossas mãos. Vamos deixar que a polícia cuide de tudo.

Enquanto Carla e eu discutimos, ouço Fontaine e Juliet conversando. Ele diz que tomou a decisão de levar Antoine de volta para Paris, assim que for possível. Ele sabe que será difícil a transferência do filho em um estado tão grave, porém o quer mais perto de casa.

Sinto um frio na barriga. Não posso deixar que isso aconteça. Quero estar ao lado do Antoine o tempo todo até que ele se recupere. Não posso impedir que ele o leve, tampouco tenho condições de viajar com Antonella para lá e deixar a Dalva aqui sozinha.

Minha cabeça ferve, sem saber como argumentar para que ele deixe o Antoine aqui. Sei que na França ele estará perto do pai, e isso será meu fim.

— Helena, minha querida, preciso conversar com você. — Fontaine me faz parar no corredor. — Será que pode me acompanhar até a cafeteria?

Concordo e saímos os dois. Deixamos Carla e Juliet nos aguardando na recepção do hospital. O senhor Fontaine parece tenso. Eu tento me manter calma.

Não sei a intensidade que nossa conversa terá nem o quanto da minha conversa com Antoine ele ouviu. Chegamos ao café e nos sentamos. Uma moça uniformizada vem nos atender.

— Gostariam de algo para beber?

— Para mim, um café sem açúcar — Pietro Fontaine me olha —, e para você, Helena? O que quer?

— Pode ser uma garrafinha de água?

— Claro! Já trago tudo para vocês. — A garçonete deixa o cardápio com as opções de pratos servidos ali.

— Bom... — ele começa. — Helena, eu não fazia ideia do que aconteceu a você. Estou realmente chocado com tudo que ouvi. Mas preciso saber: você realmente ama meu filho?

— Sim, senhor Fontaine, eu amo o Antoine desde que éramos adolescentes. — Sinto minha face esquentar. Na certa estou corada.

A garçonete deixa nossas bebidas sobre a mesa e sai assim que declinamos algo para comer. Teremos uma conversa difícil e nem se eu quisesse comer conseguiria.

— Então por que não contou a ele sobre seus filhos antes? — questionou Fontaine.

— Eu tive medo de perder Antoine. Temi pela segurança de minha filha — confesso.

— Como assim? Por que temia pela segurança de sua filha?

Narro todo o episódio das chantagens e ameaças que recebi. Pietro suspira. Ele se choca a cada novo fato que eu narro.

— Entendo que você tenha ficado com medo, mas poderia ter pedido ajuda. Tenho certeza de que Antoine iria garantir a sua segurança como também de sua filha.

Ele segura minha mão.

— Como minha neta se chama?

— Antonella — digo e vejo seus olhos se encherem de lágrimas.

— Antonella... — ele repete. — É o nome da mãe do Antoine. Ela iria amar a neta — diz, emocionado. — Posso conhecê-la?

Aceno positivamente com a cabeça.

— O Antoine precisa saber... Ele precisa saber que é pai!

Concordo.

— Eu quero contar a ele, Sr. Fontaine. Só preciso que ele acorde do coma primeiro.

— Ele irá! E, enquanto isso, eu gostaria de ajudá-la. Sei que Ève não trará paz para Antoine. Não posso permitir que ela o machuque novamente — diz. — Posso garantir que ela não irá interferir mais na vida de Antoine e seus filhos.

Meus olhos ficam marejados. Ele está me dando o que eu mais queria: proteção. Agora entendo que deveria ter feito isso antes. A verdade é sempre a melhor escolha. Se tivesse contado tudo ao Antoine assim que recebi a primeira ameaça, hoje ele não estaria nesta situação.

— Muito obrigada, Fontaine. Eu realmente aprecio sua ajuda.

— Não me agradeça ainda. Temos muito trabalho pela frente. Farei o que for preciso para proteger minha família.

Sorri. Ele me puxa para um abraço e me deixo ser abraçada e acolhida por ele. Neste momento vejo o quanto sinto falta de ser cuidada e protegida. Sinto falta de meus pais.

Depois de tudo ser esclarecido, me sinto mais leve. Nós nos despedimos. Volto para o hospital sentindo-me mais confiante em relação ao futuro. Sei que tenho um aliado na luta contra Ève e que, com a ajuda dele, poderei finalmente contar a Antoine a verdade sobre nossos filhos.

CAPÍTULO 28

Quando cheguei de volta ao hospital, encontro Carla e Ève discutindo e Juliet tentando apaziguar a situação. Tudo piora quando Ève me vê.

— Sua cadela! Por que não liquidei com você quando tive a chance?

Carla e Juliet se colocam meu lado.

— Acho melhor você sair daqui, Ève! — Juliet intervêm.

— Quem tem que sair é essa daí! Eu sou a noiva do Antoine, futura senhora Fontaine. E essa aí? O que ela é? Não passa de uma empregadinha querendo dar o golpe do baú.

Carla bufa de raiva, tomando minhas dores. Seguro em seu braço para que ela se acalme e não caia na provocação de Ève, pois é isso que ela quer: nos tirar do sério.

Muito rapidamente o cenário vai mudando. Um carro de polícia para na porta do hospital e logo descem três policiais, que caminham apressadamente até nós.

— É essa aqui! — um homem que parou ao nosso lado diz.

Nós quatro olhamos assustadas e vejo que é Oliver apontando para Ève. Ela percebe que será pega e tenta fugir, mas não tem sorte. Quando tenta correr para o corredor que leva aos elevadores, os dois seguranças que nos expulsaram do CTI estão às suas costas, o que a impede de fugir.

Os policiais dão voz de prisão e a levam no carro.

— Desculpe a demora — Oliver fala. — Não poderia vir sem um mandado de prisão. Agora teremos um pouco de paz!

Sinto-me aliviada por a justiça está sendo feita e por ter Antoine em segurança, mesmo que ele esteja longe e não saiba de toda essa confusão.

Eu sei que tenho um longo caminho pela frente, mas estou pronta para enfrentar qualquer desafio para manter aqueles que eu amo seguros.

Já é início da noite quando deixo o hospital. Eu quero velar o sono de Antoine mas preciso ir para casa. Estou morta de saudades da minha filha, nunca passei tanto tempo afastada dela. Juliet nos oferece carona, Carla e eu aceitamos. Quando chego em casa, estranho dois homens uniformizados na porta.

— O que é isso? Quem são esses?

— São seguranças, ordem do Fontaine — Juliet me explica. — Eles já estavam aí a mando do Oliver, pois seria justamente o que Antoine gostaria que ele fizesse. Depois do fim do sequestro, Dalva quis voltar para casa e Oliver providenciou tudo. Mas hoje, depois da conversa que você teve com o padrinho, ele pediu a Oliver que reforçasse a segurança em volta de vocês. — Ela sorri. — Fico feliz que tenha contado. O padrinho é uma pessoa incrível! Ele vai bajular seus filhos até estragá-los. Se prepare!

— Mas isso é mesmo necessário? — digo olhando para os seguranças.

— Acho que você não faz ideia do patrimônio do pai de seus filhos, não é?

— Filhos? — questiono.

— Acha que eu não sei que está grávida?

Olho desconfiada para Carla e ela logo se defende.

— Não olhe para mim! Eu não contei nada! Estou com minha consciência tranquila em relação a isso.

— Não foi preciso ninguém me contar. Eu apenas sou uma pessoa observadora e percebi através de sua linguagem corporal.

Sorrio pois ela tem razão.

— Sei que Carla é madrinha de Antonella. Espero que eu possa ser a dinda deste bebê que cresce em seu ventre. — Juliet faz uma cara de cachorrinho que caiu da mudança.

— Vamos planejar isso! Mas voltando à questão anterior... eu sei que eles são ricos e poderosos, mas a ponto de precisar de seguranças?

Juliet ri.

— Helena, minha querida, você é mãe dos filhos do homem mais rico da França! Você acabou de passar por um sequestro, ele se feriu tentando salvá-la. Quando isso cair na mídia, vai virar uma celebridade neste país.

Olho-a assustada com toda essa informação. Não sei se estou preparada para tudo isso. Imagino como tudo isso será para Antonella. Eu ainda preciso lhe revelar que o Antoine é seu pai.

Passamos pelos seguranças que nos cumprimentam com a cabeça. Vencemos o lance de escadas e abro a porta. Quando entro, dois pares de olhos me encaram. Dona Dalva lê um livro para Antonella que, ao me ver, dá um pulo do sofá e corre ao meu encontro.

— Mamããããeee! — ela grita.

Eu a recebo em meus braços, apertando seu corpo magricela. Como senti sua falta!

— Ella... — Beijo seus cabelos enquanto a mantenho presa dentro do abraço. — Te amo, filha!

— Também te amo, mamãe! Senti muito sua falta. O meu pai veio com você? — Gelo no mesmo instante. — Ele prometeu que traria você de volta! Onde ele está?

Espera... como assim? Qual parte da história eu perdi? Quem contou a ela?

— Como assim, filha? Seu pai?

— Sim, mamãe, o Antoine me prometeu que lhe traria de volta. Ele foi te buscar, mas demorou para voltar.

Meu coração perde uma batida ao entender o que ela me fala. Ela já sabe quem é seu pai e ainda não sabe da sua situação. Uma lágrima rola por meu rosto.

— Como você soube? — questiono-a.

— Lembra que você me disse que meu pai tinha uma mancha igual a minha? O Antoine também tem, então ele é meu pai.

— Mas outra pessoa também poderia ter uma mancha parecida.

— Parecida... — Ela para para pensar. — Talvez, mas a nossa é idêntica, fora que nossas mãos são iguais. Ele também gosta das mesmas pizzas que eu. Então sim, o Antoine é meu pai, não é?

Seus olhinhos brilham em expectativa. Minha filha, tão madura e esperta. Não há como negar a semelhança entre os dois. Sorrio para ela e concordo com a cabeça.

— Sim, o Antoine é o seu pai. E como você se sente em relação a isso?

— Mãe, o Antoine é o melhor pai que eu poderia ter. — Ela sorri, travessa. — Eu pedi a Deus que Antoine fosse meu pai desde o primeiro dia em que eu o vi — confessa sorrindo.

— Quer dizer que está feliz por ele ser o seu pai?

— Claro, mãe! Já imaginou que agora posso ter um quarto só para mim? Com televisão e tudo mais que eu quiser?

— Como assim?

— Bom, enquanto o papai foi te buscar, eu fiz várias pesquisas na internet e descobri que meu pai é muito rico.

Fico boquiaberta com a astúcia da minha filha. Carla e Juliet caem na risada ao meu lado. Luzia, que estava na cozinha, se junta a nós.

— É, Helena... Apenas você não sabe a bagagem toda que acompanha o Antoine! — Juliet tira sarro da minha cara.

Eu estava tão preocupada em como contar a Antonella sobre seu pai, acabei que fui eu a surpreendida.

— Espera..., como foi que você viu a mancha do Toine?

— Ele viu a minha primeiro e depois me mostrou a dele — Antonella explica.

— Isso quer dizer que quando foi me resgatar ele já sabia?

— Sim — Carla responde, sem graça. — Me desculpe, Helena.

— Pelo que exatamente eu devo lhe desculpar?

— Fui eu quem contei a ele, mas foi sem querer! — ela se apressa em dizer. — Eu estava desesperada quando soube do seu sequestro.

Abraço minha amiga. Sei que ela não fez por maldade. Ela nunca faria isso.

— Não tenho nada a lhe desculpar. Na verdade, você me fez um favor. Fez por mim o que eu deveria ter feito no primeiro momento em que reencontrei o Antoine.

— Você não está chateada comigo?

— Claro que não!

Sigo abraçada a minha filha até Dalva. Ela se levanta ainda com um pouco de dificuldades, mas se coloca de pé para me dar um abraço.

— Seja bem-vinda minha filha! Como você está?

— Agora estou bem!

— E nosso bebê? — Ela me olha apreensiva.

— Está tudo bem com o bebê. Está se desenvolvendo normalmente.

— Fiquei tão preocupada quando soube que haviam te levado. Quem diria que aquele menino pudesse estar por trás de tudo isso?

— Sim, também me surpreendi ao ver que o Cadu estava envolvido. Nunca suspeitei do caráter dele.

— Bem que diz o ditado: "quem vê cara não vê coração".

— Sim, neste caso faz todo sentido.

Eu me agarro a minha menina e a aproveito até que caímos no sono aqui mesmo no sofá.

Acordo com o peso de Antonella sobre mim. É reconfortante dormir agarradinha nela, sentindo seu cheiro único. Desvencilho-me dela com cuidado para que ela não acorde. Vou ao banheiro e faço minha higiene matinal.

Caminho para a cozinha e começo a preparar nosso café da manhã. Não há nenhum bolo pronto. Não tenho tempo para assar um, então preparo panquecas.

Para Antonella, passo geleia de frutas e preparo um copo de suco. Quando tudo já está pronto, vou acordá-la. Quero ficar um pouco mais com ela. Mais tarde irei ao hospital.

Tomamos café da manhã juntas, como nos velhos tempos. Conto a ela o que aconteceu a seu pai. Minha filha se emociona e eu também.

— Ele vai ficar bem, não é, mamãe? — fala chorosa.

— Sim, querida! Tenho fé que Deus vai trazê-lo de volta.

— Logo agora que eu o encontrei!

— Vamos pedir a Deus, para que seu pai volte para nós.

— Vou pedir à vó Dalva que me leve a igreja.

— Você sabia que para conversar com Deus não precisa sair de casa? Você pode orar a Ele do seu quarto que Ele vai ouvir.

— Então já vou começar a orar agora.

— Filha, tem uma pessoa que quer conhecer você.

— Quem é?

— É o seu avô. O pai do seu pai.

— E onde ele está?

— Ele me pediu para vir conhecê-la. Vou combinar com ele, se você quiser.

— Eu quero, mamãe! — diz alegre.

— Farei isso então. Agora preciso me trocar, pois quero chegar ao hospital e encontrar o médico que está cuidando do seu pai.

Chego a tempo de conversar com o médico e pegar o boletim do dia. Antoine está estável, mas ainda não deu sinais de melhora. Continua desligado.

Passo o dia ao lado da cama de Antoine, observando seus batimentos cardíacos no monitor. Seguro sua mão e acaricio seu rosto, desejando com todas as forças que acorde logo.

— Você pode ir para casa descansar, ele ainda está se recuperando — Pietro Fontaine diz ao entrar no quarto.

— Não quero deixá-lo aqui.

— Sei o que sente, mas não adianta ficarmos aqui. Ele precisa apenas das máquinas.

— Eu sei, mas tenho a sensação de que ele tem mais conforto se alguém que se preocupa está por perto.

— Com certeza ele sente nossa presença — concorda com a voz embargada.

— Queria lhe agradecer por tê-lo deixado aqui. Se você o levasse para Paris, não poderia cuidar dele. — Seguro em suas mãos.

— Sei que fiz a melhor escolha. Tenho certeza de que meu filho não queria estar em outro lugar.

Sorrio ao olhar mais uma vez o Antoine deitado na mesma posição. Com fios ligados ao seu corpo.

— Conversei com Antonella sobre você. Ela ficou curiosa e quer conhecê-lo.

— Como é bom ouvir isso. Este coração aqui já está velho para tanto sofrimento. Conhecê-la será um bálsamo em meio a essa turbulência toda que estou vivendo.

— Vá quando quiser. Ela irá amar conhecê-lo.

Ficamos conversando quase ao sussurro em volta da cama de Antoine. Eu continuo com sua mão entre as minhas. Após alguns minutos, sinto que ele aperta minha mão de leve. Fico assustada pensando que é minha imaginação. Eu o olho e nada. Tudo está igual. Ele se mantém da mesma forma.

Eu desejo tanto que ele volte, que não seja minha imaginação me fazendo sentir coisas. O Pietro se senta. Eu olho para o Antoine. Será que ele também sentiu algo diferente?

Mais uma vez, sinto um fraco aperto nas mãos.

— Ele mexeu a mão.

— Como? — Pietro me olha incrédulo.

— Eu senti. Bem de leve. Mas senti que tentou apertar minha mão.

— Ele está tentando voltar. Vou chamar a enfermeira.

Continuo olhando para seu rosto em busca de mais sinais. Seus olhos começam a se mover sob as pálpebras. Sorrio emocionada e me aproximo de seu rosto, chamando-o por seu nome.

— Antoine, sou eu, Helena — digo suavemente. — Consegue me ouvir?

Antoine torna a apertar minha mão. As lágrimas já rolam pelo meu rosto. Ele está voltando.

— Vem, meu amor! Estou aqui te esperando, junto com nossos filhos. Volta para nós!

Lentamente tenta abrir os olhos, que parecem pesar. Ele luta com bravura.

— Você consegue, meu amor! É mais forte do que esta escuridão.

Ele abre os olhos e pisca algumas vezes, tentando focar em meu rosto. Quando finalmente consegue, um sorriso discreto se forma em seus lábios. Ele já consegue respirar sem ajuda de aparelhos desde a noite anterior, por isso os tubos haviam sido retirados.

— Helena... — ele sussurra fracamente, com muita dificuldade.

Aromas de Amor

Seus batimentos cardíacos estão acelerados. Posso ver pela máquina ao seu lado.

Sorrio, sentindo o coração bater mais forte em meu peito também.

— Estou aqui, Antoine. Eu sempre vou estar.

Antoine tenta se mexer, mas sente uma forte dor na cabeça e geme. Neste momento duas enfermeiras entram no quarto, seguidas pelo senhor Fontaine.

— Vejo que nosso belo adormecido acordou — uma das enfermeiras brinca e, não sei por que, mas sinto uma pontada de ciúmes.

Os olhos de Toine correm pelo quarto, vendo cada uma das pessoas que estão aqui. Seu pai está emocionado e não se importa em demonstrar.

— Meu filho, como é bom ver você de volta. Eu pensei que nunca mais fosse ver esse brilho em seu olhar.

As enfermeiras fazem seu trabalho. Aferem sua pressão, testam seus reflexos. Seus olhos se mantêm em mim. Quando elas saem, ele olha de mim para seu pai e pergunta confuso:

— O que aconteceu comigo? — sussurra.

Conto a ele tudo que ocorreu. Antoine fica chocado ao saber que levou um tiro. Leva a mão à cabeça e constata a faixa que circula seu crânio.

— Helena, e nossa filha? Ela está bem? Onde está?

— Não se preocupe. Ella está bem. Você precisa se focar na sua recuperação agora.

— Eu a quero aqui perto de mim.

— Em poucos dias você poderá vê-la. Se recupere logo! Ela também quer vê-lo.

Antoine sorri. Posso ver que sente uma alegria que nunca sentiu antes em sua vida.

Ele solta sua mão da minha e a traz para a minha barriga.

— Eu quero conhecer meu filho e estar junto com você quando ele nascer — diz com dificuldade, porém determinado.

Sorrio, aliviada.

— Eu sempre soube que você seria um bom pai, Antoine.

Ele segura minha mão com força.

— Eu sempre soube que você seria a mãe perfeita para os meus filhos, Helena. Eu te amo.

Sinto meu coração perder uma batida, as lágrimas escorrem pelo seu rosto. É o momento de confessar a ele todo o meu sentimento que já não cabe dentro do peito.

— Eu também te amo, Antoine. Sempre te amei.

Abraço-o com delicadeza e uno nossos lábios. Um compromisso sendo selado. Enfim poderrmos viver a felicidade e o amor que foram tão intensos em nossa vida. Agora sabemos que nada pode ser capaz de nos separar.

Uma semana depois...

— O suporte de um psicólogo pode ajudar na recuperação emocional, no processamento do trauma e na construção de estratégias de enfrentamento saudáveis — o médico fala com meu pai ao lado.

Eu sei que ele tem razão. O hospital nos disponibilizou um psicólogo enquanto estávamos aqui. E sei o quanto me ajudou a superar tudo pelo que passei. A terapia com certeza ajudará não só a mim, mas a Helena e Antonella também. Com certeza vou propor a elas algum tipo de terapia.

Helena está me ajudando a me vestir, pois enfim recebi alta. Ela não me deixou sozinho nem por um instante desde que despertei do coma. Meu pai tentou convencê-la a ir para casa, mas ela não abriu mão de estar comigo.

Eu estou ficando mal-acostumado com esse paparico todo. Não quero e nem conseguirei seguir minha vida sem

Helena e meus filhos a partir de agora. Estou transbordando de felicidade.

Peço a Juliet que me ajude a convencer Helena a ficar comigo no hotel, mas ela não abre mão de ter Dalva por perto. Entendo que ela ainda precisa de apoio e Helena, como tem um coração bom, não a deixaria sozinha.

A forma mais prática que encontro é pedir a Juliet que me arrume uma suíte dupla no hotel para que Dalva se acomode conosco. Eu não posso deixar Helena e minha filha naquela casa que Cadu conhece todos os cantos.

Mesmo que ele continue preso a uma cama de hospital, e vigiado vinte e quatro horas, eu preciso cuidar da segurança das minhas garotas. Eu não me perdoarei se algo de ruim acontecer a uma delas.

Assim que ganho alta do hospital, vamos para o hotel. Resolvo não ficar no que estava anteriormente, pois não quero que Helena reviva o momento em que foi sequestrada. Tudo ainda é muito recente, e é preciso ter cautela com seu emocional. Ela ainda carrega meu filho no ventre. O cuidado é redobrado.

Eu estou mais que feliz por ter minha família comigo e me esforço a cada dia para me recuperar e poder voltar para a França. Foi um milagre ter sobrevivido ao resultado da invasão do cativeiro de Helena, mas um milagre ainda maior foi eu não ter nenhuma sequela. Apesar do edema que o projétil casou, meu cérebro não foi atingido. A bala se alojou no osso do crânio em uma das partes mais duras e resistentes.

Tem coisas que nossa razão não consegue compreender, e isso chamamos de milagre. Minha sorte foi que Cadu era realmente ruim de mira, pois a pequenadistancia que estávamos, ele poderia ter me matado.

No sofá, com Antonella deitada em meu colo, procuro algum desenho que ela ainda não tenha assistido para ver comigo. Seus dedinhos passeiam pelo controle. Helena saiu com Juliet. Meu telefone toca no braço do sofá.

Eu me esforço para alcançá-lo.

— Alô.

— Antoine? Como você está? — a voz de Oliver chega aos meus ouvidos.

— Oi, parceiro! Estou bem! Quero lhe agradecer por tudo que fez por Helena enquanto estava em coma. Ela me contou tudo sobre Ève. Você fez um bom trabalho em colocá-la atrás das grades.

— Só fiz o que era necessário. Não tem porque me agradecer. Ève mereceu tudo que lhe aconteceu. Estou ligando porque estamos com problemas na Fontaine.

— Meu pai voltou sozinho há três dias e não quer me dizer nada. Disse que está tomando conta de tudo. O que houve?

— Desculpa ter que lhe tirar de sua licença antes da hora, mas Badeaux andou agindo às suas costas e tomou algumas decisões que precisam de sua atenção imediatamente, ou teremos a ruína da Fontaine.

— Não acredito que aquele verme fez algo que pudesse prejudicar a empresa. — Coloco Antonella no sofá e me levanto. Caminho para a varanda do quarto.

— Bom, ele deve estar revoltado com a situação da filha.

— Ele deveria ter lhe ensinado a ter caráter para que ela não tivesse chegado ao ponto que chegou. Agindo dessa forma só prova que nem pai nem filha possuem qualquer caráter.

— Concordo, mas precisamos agir rapidamente, antes que seja tarde.

— Me conte o que Badeaux fez.

— Com a ajuda de Helena e Juliet, descobri que o responsável pelo desvio do dinheiro foi ele. Ele arquitetou tudo, usou o sistema da empresa contra ela mesma.

— Que canalha! A troco de quê?

— Pelo que parece, queria Helena fora de sua vida. Ele fez de tudo para tirá-la do seu caminho. Acompanhava a vida dela desde que descobriu que você contratou um detetive para procurar por ela, quando ainda era um adolescente.

— Nunca poderia imaginar uma coisa dessas. Inclusive foi com a ajuda do Badeaux que eu consegui o detetive. E ele me assegurou que não encontrou Helena. Pelo menos foi isso que ele quis que eu pensasse.

— Sim. Badeaux encontrou Helena e vigiou sua vida por todos esses anos. Acabou conhecendo o Cadu. Foi ele quem abriu a conta no nome da Helena.

— Uma bela quadrilha! Por isso ele nunca concordou que eu comprasse a Essential. Tudo para que eu não encontrasse a Helena. Pena que não adiantou, mesmo que ela fosse culpada, estava disposto a perdoá-la. — Passo a mão no rosto, sentindo-me exausto com toda essa descoberta.

— Quero que você faça o que for preciso, Oliver. Quero que ele pague por tudo que fez e que ainda anda fazendo na Fontaine.

— Já estou providenciando tudo. A documentação já foi montada e estou entrando com um recurso contra ele.

— Que ele possa fazer companhia a sua filha na cadeia. Mas no que isso pode interferir na Fontaine agora?

— Isso, nada! Estou apenas deixando-o a par de tudo que descobri. Mas o que ele está fazendo agora é muito pior!

— O que Badeaux está aprontando agora?

— Ele disponibilizou uma grande quantidade de ações na bolsa. O que fez o valor das ações despencar. Isso causou uma avalanche, pois os acionistas também foram disponibilizando suas ações um após o outro. O mercado está instável. E a Fontaine está em queda.

— Merda! — Aperto o celular com força.

Fico revoltado com toda a traição dentro da empresa. Sinto que, a cada passo que dou para tentar consertar as coisas, algo ou alguém está sempre sabotando o progresso. E sempre tem o dedo de Badeaux envolvido.

— Oliver, convoque uma reunião de emergência com os principais executivos da empresa para discutir a situação. Preciso segurar essa onda antes que seja tarde.

— Farei isso!

— Veja se consegue para daqui a uma hora. Vou me preparar.

— Tudo bem!

Encerro a ligação e começo a traçar meus planos. Badeaux não pode destruir o que foi construído com o suor da minha família.

Abro meu notebook e começo a pautar as ações necessárias. Confiro a bolsa de valores e vejo as ações da Fontaine em queda livre. Soco a mesa, a raiva de Badeaux me dominando.

Se estivesse cara a cara com ele, eu não responderia por mim. É bom que haja um oceano entre nós. Para que eu não cometa um crime.

Uma hora depois estamos conectados com a matriz em Paris. Badeaux está presente na reunião, fingindo estar surpreso com as notícias e tentando se fazer de inocente.

Começo a falar sobre o que está acontecendo e peço aos acionistas, aqueles que disponibilizaram suas ações, que revertam a situação. Explico que tudo é um equívoco e que a Fontaine nunca esteve em constante crescimento como agora.

— Esta ação não passa de uma sabotagem para que a empresa perca valor e prestígio no mercado — falo aborrecido, observando a cara de falso inocente do Badeaux.

Resolvo repreendê-lo por suas decisões imprudentes e pela falta de responsabilidade em seus atos. Ele se faz de desentendido e tira o corpo fora. Não posso permitir que continue no cargo que ocupa, não sem confiar mais.

Para isso preciso tomar medidas imediatas a fim de colocar a empresa de volta nos trilhos.

— Badeaux, a partir de agora, você não faz mais parte da Fontaine, você receberá da parte de meus advogados a comunicação do processo que moverei contra você. Junte suas coisas e deixe a empresa o quanto antes.

— O quê? Você está louco, seu moleque?

— Não! Nunca estive tão sóbrio! Estou gozando de plena atividade mental.

Neste momento os seguranças entram na sala e levam Badeaux. Espero que os ânimos se acalmem por lá e continuo.

— Até minha plena recuperação, deixo a direção ao poder de meu pai, Pietro Fontaine. Coloco Oliver Durand no cargo de diretor financeiro, até que possa eleger outra pessoa de minha confiança, e que esteja apto a assumir o cargo.

Após colocar as pessoas de minha confiança em cargos de liderança, traço as estratégias para que os acionistas possam agir e reverter o estrago que Badeaux causou. Mais de três horas de reunião. Deixo o quarto que usei para fazer a videochamada. Minha enxaqueca dá sinais de que irá agir com força.

Helena me olha preocupada. Ela percebe que a situação não está boa.

— Está tudo bem? — pergunta cautelosa.

— Vai ficar — respondo passando os polegares nas têmporas.

— Não se chateie com os problemas. Tenho certeza de que você consegue resolver, seja lá o que for. Mas agora o que importa é sua recuperação.

— Tive uma reunião turbulenta. Mas vai ficar tudo bem! Minha enxaqueca está forte.

— Venha, vou lhe fazer um chá. Você toma com um analgésico e tenta descansar. Ainda é cedo para que passe por esse tipo de emoção. Precisa se cuidar.

— Eu precisava resolver essa situação. Mas já passei o poder para pessoas de minha confiança. Até me sentir totalmente pronto para voltar.

— Fez bem. Tudo pode esperar sua volta. — Helena me beija.

Seu beijo tem poder calmante e me faz esquecer imediatamente qualquer problema. Somos apenas nós dois. Começo a acariciar sua pele por baixo da blusa. Aquela energia que nosso corpo emana quando nos tocamos está presente. Nosso beijo vai ganhando forças e intensidade. Nossas mãos passeam pelo corpo um do outro, até que somos interrompidos.

— Mamãe, onde está o papa...? — Antonella para a pergunta ao me ver.

É a primeira vez que a ouço me chamar de pai. Ela ainda não se sentiu confortável para isso. Mas ao me ver a palavra foi interrompida.

— Do que iria me chamar? — pergunto esperançoso.

— Toine, você não vem assistir à série comigo? Já vi três episódios sozinha.

— Eu vou, mas depois que você repetir a pergunta que iria fazer a sua mãe.

— Eu ia perguntar onde você estava!

— Eu ouvi, mas você não falou meu nome. Você ia me chamar de...

— Papai! — ela completa.

Um sentimento do tamanho do mundo pressiona meu peito. Um amor que não tem medida ganha meu coração.

— Não faz ideia do quanto esperei ouvir isso de você. — Caminho até ela e pego uma de suas mãos. — Pode repetir?

— Papai, podemos ir assistir à série? Não gosto de ver sozinha — ela reclama, mas, mesmo resmungona, é linda!

Sorrio e, de soslaio, vejo que Helena também se emociona. Eu a puxo para perto de nós e abraço minhas meninas.

— Amo vocês!

CAPÍTULO 31

Antoine se recupera cada dia mais. A parte mais crítica já passou. Ele está cada vez mais derretido por Antonella. Paparica nossa filha de forma que eu temo estragá-la. Mas estava feliz por viver esse momento com ele.

Antoine sempre ocupou meu coração. Ele é o pai dos meus filhos. Tem se mostrado um homem incrível.

Embora esteja se esforçando para não se envolver com os problemas da Fontaine, sei o quanto se preocupa com a empresa. Decidi que o apoiaria incondicionalmente. Então pensei em sugerir que ele voltasse para a França e que estivesse mais perto para ajudar a analisar as finanças da empresa, oferecer soluções criativas para superar a crise.

Por mais que Antoine tenha se esforçado para evitar, a Fontaine entrou em crise. Badeaux conseguiu plantar a semente da discórdia entre os acionistas. E muitos se levantaram contra a gestão do Antoine.

Após semanas de muito trabalho do Pietro e Antoine, mesmo de longe, a empresa começa a se recuperar.

Neste momento, estou na cozinha preparando um café, sinto que ele está me olhando. Viro-me lentamente e encontro seus olhos fixos em mim.

— Obrigado! — Ele se aproxima me abraçando — Não sei se conseguiria passar por tudo isso se você não estivesse ao meu lado! — Passa o nariz na base do meu pescoço. — Obrigado por estar ao meu lado durante esse momento difícil.

— Não poderia estar em outro lugar. — Beijo seus lábios — Quer voltar a Paris? Sei que ficará mais seguro se estiver lá para cuidar da Fontaine.

— Você iria comigo? Porque não vou a lugar nenhum sem você.

— Claro que vou! Acha que vai se livrar de mim facilmente?

Antoine me levanta do chão. Passo as pernas em volta de sua cintura. Encaixo o rosto na curva de seu pescoço e seu perfume me traz lembranças de nossa adolescência.

Em um dia de aula, Antoine estava realizando uma experiência com um reagente volátil e, sem querer, derramou um pouco em sua mão. Ele começou a entrar em pânico e pediu ajuda. Eu estava ao seu lado. Sem hesitar, peguei um frasco com água e joguei em sua mão, neutralizando a reação química e evitando que ele se queimasse.

Antoine olhou para mim, admirado com minha coragem e habilidade. Desde aquele dia, nós começamos a trabalhar juntos no laboratório, realizando experimentos cada vez mais complexos. A paixão pela química era evidente entre nós, assim como a química que tínhamos.

Éramos dois adolescentes apaixonados e que soltavam faíscas ao menor toque. Foi no laboratório que trocamos nosso primeiro beijo, depois de termos completado uma fórmula juntos. Foi um momento mágico, com a sensação de que havia uma química entre nós que ia além do mundo da ciência. Desde então, o laboratório se tornou o lugar mais romântico e especial para mim, onde muitas outras lembranças foram criadas. Era difícil acreditar que haviam passado tantos anos desde então.

Antoine me mantinha em seus braços. Podia sentir o calor do seu corpo colado ao meu. Estávamos tão felizes, e isso fazia com que me sentisse ainda mais grata por tê-lo ao meu lado.

Em sintonia com meus pensamentos, Antoine sussurra ao meu ouvido.

— Lembra daquele dia em que ficamos trancados na sala de aula juntos? — Posso sentir o sorriso dele contra meu pescoço enquanto assinto com a cabeça. — Foi lá que eu percebi que estava apaixonado por você — continua.

Sorrio toda boba, sentindo as bochechas corarem levemente. Também me lembro desse dia. Ficamos presos na sala depois da última aula. O segurança passou trancando-as e não percebeu nossa presença lá dentro. Ficamos conversando durante horas, compartilhando histórias e risadas, e no final do dia eu sabia que estava apaixonada por ele também.

Agora, anos depois, ainda sinto a mesma coisa. E enquanto estou nos braços de Antoine, sei que nada mudou. Nós ainda nos amamos da mesma forma que naqueles dias da escola.

Aromas de Amor

Antonella entra na cozinha ainda sonolenta e esfregando os olhos. Ela se espreguiça e boceja alto, chamando nossa atenção. Nós nos viramos para ela, percebendo que estava olhando para nós com uma carinha de curiosidade.

Antoine e eu nos entreolhamos, mas continuamos abraçados. Então, Antonella se aproxima e coloca as mãos na minha cintura, empurrando-nos delicadamente para nos separar.

— Ei, o que vocês estão fazendo? — ela indaga com um sorriso inocente.

Acabo rindo de sua pergunta. Acaricio os cabelos dela.

— Estamos nos beijando, querida.

Antonella faz uma careta de nojo e exclama:

— Eca! Vocês sabem onde essa boca já esteve?

Antoine ri alto e beija a testa da filha.

— Ela tem razão, Helena. A gente não deveria se beijar com a boca suja de café.

Reviro os olhos, mas não posso deixar de sorrir.

— Vocês são impossíveis! — digo ao abraçar Antonella e beijar o topo de sua cabeça.

Contamos a ela nossos planos de ir morar na França. Nossa filha ama a ideia e corre para contar a Dalva. Eu não poderia ir e deixar a Dalva para trás. Será que Antoine aceitaria levá-la conosco?

— Toine, eu gostaria de levar a Dalva junto conosco. Isso é um problema para você?

Ele coloca a xícara de café sobre a bancada e me olha sério.

— Não posso deixá-la sozinha aqui no Brasil. Ela não tem ninguém a não ser eu e Antonella.

Toine continua me analisando e temo que negue meu pedido.

— Apesar de ter idade, Dalva é forte e está saudável, embora ainda se recupere do trauma que sofreu. Ela sempre cuidou de mim e Antonella como se fôssemos sua própria família, e isso fez com que se tornasse uma figura maternal na minha vida.

Antoine me abraça.

— Meu amor, sei o quanto a Dalva significa para você e Antonella. Eu já havia pensado sobre isso. Nossa casa em Paris é enorme e ela será muito bem-vinda lá. Se ela aceitar, claro que a levaremos conosco.

Tem como este homem ser mais perfeito? Dou-lhe um beijo em agradecimento e saio para contar a Dalva a novidade.

CAPÍTULO 32

Ao chegar a Paris, fomos direto para nossa casa. Sabia que a mansão Fontaine era confortável, com espaço suficiente para todos nós. Quando contei ao papai que estávamos voltando, ele não se conteve de alegria. Com o problema na Fontaine, não pôde nem ficar comigo por mais tempo enquanto me recuperava.

Precisou voltar e colocar ordem na bagunça que o traidor do Badeaux causou. Mas agora estou de volta e vou colocar a Fontaine de volta aos trilhos.

Antonella estava encantada com tudo que via. Ficou boquiaberta quando viu a casa em que iria morar. Quase não acreditou que era sua. Quando viu um quadro pintado com a imagem da minha mãe, achou que era ela própria. Realmente a semelhança dela com minha mãe é grande. Só podia estar cego para não ter reparado nisso antes. Estava na minha cara esse tempo todo.

Mas, em minha defesa, confesso que vejo muito de Helena nela. E talvez por apenas enxergá-la, não tenha me atentado para a semelhança com minha mãe. Minha avó fala que sou mais parecido com minha mãe do que com meu pai. Eu pensava que isso era por ela ter ciúmes do *papa*. Mas agora vejo que estava certa esse tempo todo. Antonella se parece tanto comigo quanto com Helena. Sorrio orgulhoso.

Deixo minha filha admirando as fotos e instalo Dalva em um dos quartos de hóspedes. Tenho certeza de que logo se adaptará à nova vida na Cidade Luz. Ela se encantou com a beleza de Paris e se mostrou disposta a ajudar minha família em tudo o que puder.

Já era perto da hora do jantar. Pedi ao papai que avisasse meus avós que iríamos ao L'Ambroisie. Assim já apresentaria minha família de uma vez. Meu pai não ficou muito feliz com a ideia, mas acabou concordando.

Assim que conseguimos nos organizar, saímos para o restaurante de meus avós. Meu pai irá direto da Fontaine e nos encontrará lá.

Ao chegarmos no bistrô dos meus avós, somos recebidos com muita alegria e emoção. O senhor Antônio e a dona Margarida esbanjam alegria ao me ver. Para eles a notícia do sequestro e o tiro que levei foi assustadora. Eles me abraçam fortemente. Minha avó beija meu rosto como se eu fosse evaporar a qualquer momento. Eles não escondem a felicidade de poder me ver novamente, e conhecer minha filha, Antonella.

— Vó, vô, esta é Helena, minha... — por um momento travo, não sei como apresentá-la.

— Ela é a mãe da minha neta! — meu pai chega completando minha frase parada no meio.

— Seja bem-vinda, minha querida! Então quer dizer que você é a responsável por me dar a minha bisneta! —

Dona Margarida abraça Helena e em seguida aperta as bochechas de Antonella.

— Venham todos, preparamos uma mesa mais ao fundo, assim podemos ficar mais à vontade! — Meu avô nos mostra o caminho a seguir.

Nós nos assentamos e Antonella, por sua vez, encanta a todos com seu sorriso e sua energia contagiante. A menina é muito curiosa e faz perguntas sobre tudo ao redor, o que arranca risos dos meus avós a cada instante. Estou admirado com sua desenvoltura, ela sabe conversar sobre tudo. Sempre tem um comentário na ponta da língua.

Durante o jantar, Helena e eu somos obrigados pela vó margarida a contar um pouco da nossa história, de como nos conhecemos na escola e nos reencontramos depois de muitos anos. O senhor Antonio e a dona Margarida ouvem atentamente, emocionados com nossa história de amor.

Mas é quando Antonella entra na conversa que a emoção toma conta do ambiente. Minha filha pergunta sobre sua avó, minha mãe. Dona Margarida, com lágrimas nos olhos, conta histórias sobre sua filha, também chamada Antonella, que era muito parecida com a sua bisneta.

Ela se encanta ainda mais pela história e faz muitas perguntas sobre minha mãe. Percebo meu pai secar algumas lágrimas disfarçadamente.

Dona Margarida conta como minha mãe era amorosa, inteligente e apaixonada por flores. Que Antonella a lembra muito.

Ao final do jantar, Helena e eu somos presenteados com um ramo de flores, um gesto carinhoso dos meus avós em homenagem a Antonella, minha mãe.

O jantar foi emocionante e inesquecível para a família Fontaine. Este momento ficará marcado para sempre na memória de todos, especialmente de Antonella, que descobriu um pouco mais sobre sua família e sua história.

Na manhã seguinte, deixei minhas meninas em casa e fui para a empresa. Não poderia esperar mais. Precisava recuperar a imagem da Fontaine e trabalharia incansavelmente para isso. Sabia que tinha um desafio pela frente, mas estava determinado a superá-lo.

No meio da tarde recebo a visita da minha mulher. Estava de cabeça baixa, mergulhado nos relatórios quando seu perfume invadiu minha sala. Levanto os olhos e sua imagem enche minha visão. Está linda. Com uma camisa rosa-clara e uma saia até os joelhos preta. Sua barriga um pouco saliente.

Sorrio feliz em saber que ela carrega o fruto do nosso amor. O fruto do reencontro. Eu sou um homem completo. Um felizardo sortudo!

— Atrapalho? — ela fala sem jeito.

— Você nunca me atrapalha, Helena.

— Desculpa entrar sem ser anunciada, mas Juliet disse que eu poderia...

— Você pode tudo, minha linda! — interrompo indo ao seu encontro e lhe roubando um beijo.

Quantas vezes nesta sala imaginei Helena. Agora ela está aqui. Realmente aqui. E nunca pareceu tão certo.

Respiro constatando que sempre foi Helena. Meu coração sempre foi dela. Não havia espaço para outra mulher que não ela.

— Você está tenso. Muitos problemas? Acho que posso ajudar!

— Humm... Gostei! O que pretende fazer comigo?

— Não se anime desta forma não...Estou falando dessa ajuda! — Aponta para meus papéis em cima da mesa.

— Mas agora eu preciso dessa ajuda! — Enlaço-a pela cintura e capturo seus lábios com os meus.

Por ora meus problemas foram esquecidos, Helena tem esse poder. Ela me leva para outra dimensão. Onde existimos apenas nós dois.

Estamos deitados sobre o sofá, em minha sala, quando Helena sugere a ideia de lançarmos A Essência como um novo produto da empresa, marcando uma nova era da Fontaine.

Fico surpreso com a sugestão, mas penso que poderia ser uma boa estratégia. Animado, levanto-me e a trago comigo. Juntos, traçamos o esboço do que imaginamos. Nós sabemos que precisamos de algo que chame a atenção do mercado e que recupere a imagem da empresa.

— Nada como um produto que venha com uma história de amor — digo satisfeito.

— Sim... As pessoas vão se apaixonar pela Essência! Juliet vai ficar louca quando souber! — Helena conclui.

— Só tem um problema — digo frustrado!

— Qual?

— Não vou me sentir bem sentindo seu cheiro por aí em qualquer mulher.

Helena ri.

— Isso não é um problema. Sabe tão bem quanto eu que, por mais que a essência seja a mesma, o resultado nunca será. A reação que o perfume tem em minha pele é única. E apenas você poderá usufruir disso.

— Gostei de ouvir isso! — Abraço-a por trás e cheiro seu pescoço.

— Mas, se você se sentir mais confortável, podemos criar outra essência.

— Podemos tentar.

Helena e eu trabalhamos juntos para definir a fragrância perfeita. Depois de várias tentativas, finalmente encontramos uma combinação única de flores e especiarias que representa a beleza, o amor e a sofisticação de Paris.

Algum tempo depois estávamos nos reunindo com a equipe financeira e a de marketing. Começamos a trabalhar no projeto. Helena cuidava da parte criativa, ao lado de Juliet. As duas estudavam as embalagens, cores, e tudo que envolvia a aparência do perfume.

Eu fiquei com a parte burocrática. Precisava lidar com os investidores e parceiros de negócio. Que andavam desconfiados depois de tudo que aconteceu. Juntos, trabalhamos arduamente para que o lançamento fosse um sucesso.

Enquanto eu e Helena nos ocupávamos do projeto de A Essência, Dalva nos dava total apoio. Cuidava de

Antonella e como sempre era presente e carinhosa, ajudando a Helena a lidar com os desafios da gravidez.

Finalmente, o produto ficou pronto. A Essência estava pronta para se tornar um sucesso. Esperavam que fosse instantâneo, já que contava com milhares de unidades vendidas em todo o mundo na pré-venda.

Com a ajuda de Juliet, a equipe de marketing da empresa começou a criar uma campanha publicitária para o lançamento do novo produto. Eles decidiram chamar a essência de "Aromas de Amor" e criaram uma embalagem sofisticada que refletia a elegância da Cidade Luz.

Tudo estava pronto para o grande lançamento, eu estava orgulhoso do trabalho que havia sido realizado e, mais do que isso, grato por ter Helena e minha filha ao meu lado. A presença de Dalva na nossa vida tornou tudo ainda mais especial e a considerava parte da família.

Alguns meses depois...

Quando o produto ficou pronto, Juliet tratou de organizar um grande evento de lançamento no Château de Versailles. O evento será coberto pela imprensa e reunirá os principais nomes do mundo da moda e dos negócios.

A campanha publicitária nas mídias já chama a atenção do público, e as vendas da nova essência são um sucesso. A mídia elogiou a nova estratégia da Fontaine, e a empresa já mostra sinais de reconquistar seu prestígio.

Helena e eu estamos felizes com o resultado e a repercussão que o novo perfume vem tendo não somente em Paris, mas em várias partes do mundo.

O evento de lançamento acontecerá essa noite. Eu estou ansioso. Antonella usa um vestido rosa-claro, realçando seus lindos olhos. Parece uma princesa. Nós dois esperamos Helena.

Carla chegou há dois dias. As duas estão no quarto terminando de se maquiarem e arrumar os cabelos. Dona Dalva já saiu acompanhando meu pai e a mãe da Carla. Já conferi o nó da gravata tantas vezes que perdi a conta.

Decidi me servir um copo de bebida. Antonella me observa. Quando coloco o líquido âmbar no copo, ela diz:

— Sabia que essa bebida não faz bem para a saúde? — Sorrio internamente com sua colocação.

Resolvo aprofundar.

— É mesmo? E por que ela não faz bem?

— Porque ela tem um alto teor de álcool.

— É mesmo? — Rodo o copo e observo o líquido âmbar brilhar contra a luz.

— Sim! As bebidas alcoólicas podem fazer mal à saúde por vários motivos. O álcool é uma substância tóxica que pode afetar negativamente vários sistemas do corpo, incluindo o sistema nervoso central, o fígado, o coração, o sistema digestivo e o sistema imunológico.

— Uau! E como você sabe tudo isso? — Olho admirado para meu pequeno gênio.

— Aprendi na escola do Brasil. Tinha um projeto chamado PROERD. E foi lá que ouvi a policial explicar sobre os efeitos das bebidas alcoólicas no corpo humano.

— Você está certa! — Descarto o copo no aparador.

Aromas de Amor

Conversas ao topo da escada chamam a minha atenção. Então vejo minha morena.

A visão mais linda que eu podia ter esta noite. Helena desce a escada usando um vestido azul-marinho que deixa sua pele aveludada e realça sua barriga de oito meses. Seus cabelos escuros estão soltos e seus cachos caem em cascata sobre os ombros. Está lindíssima. Digna do tapete vermelho do Oscar.

Ela sabe o quanto mexe comigo. E desce as escadas devagar, torturando-me a cada degrau. Quando finalmente chega aqui embaixo, eu já estou salivando por ela. Dou-lhe um beijo e a ouço reclamar.

— Vai estragar minha maquiagem desta forma.

— Você me provocou, agora aguenta.

— Pare de reclamar, mulher! — Carla passa por nós dizendo. — Queria eu ter um gato me esperando no pé da escada para estragar minha maquiagem.

Não aguento e caio na gargalhada. Acabo levando um tapa da Helena.

— Pelo menos você terá sua maquiadora com você — tento amenizar o estrago que fiz em seu batom.

Entramos no carro e seguimos para o local do evento. O lançamento do novo perfume foi planejado para ser um evento grandioso e luxuoso. Nada foi poupado. Desde a escolha do lugar até o presente que todos os convidados ganharão.

O icônico Château de Versailles receberá esta noite a elite parisiense. O local está decorado com arranjos de flores exuberantes, iluminação sofisticada e uma atmosfera de elegância e glamour. Juliet mais uma vez arrasa em seus eventos.

Helena e eu somos os anfitriões da noite, recebendo os convidados com sorrisos calorosos e abraços afetuosos. Antonella está linda, encantando a todos com sua beleza e charme.

A noite começou com um coquetel no jardim, onde os convidados puderam degustar vinhos finos e saborear iguarias deliciosas. Os músicos tocam melodias suaves e agradáveis, criando um clima romântico e acolhedor.

Logo após todos são convidados a entrar no salão principal do Château, onde Helena e eu subimos ao palco para fazer o discurso de abertura. Falamos sobre a inspiração por trás do perfume e como ele representa a essência da cidade de Paris.

Em seguida, um grupo de modelos desfila pelo salão, vestindo roupas de grife e segurando frascos do perfume. A música é aumentada, criando um clima mais animado e festivo. Antonella fica encantada com a beleza do desfile e sorri animadamente para os modelos.

O clímax da noite vem quando Helena apresenta a todos o aroma do perfume. Ela borrifa um pouco no ar, enchendo o salão com um aroma suave e encantador. Os convidados aplaudem e elogiam o perfume, todos ganharam miniaturas dos frascos para levar para casa.

A noite continua com muita música, dança e celebração. Tiro Helena para uma dança. Posso ver Antonella pulando e brincando com outras crianças presentes na festa.

O lançamento do perfume "Aromas de Amor" foi um sucesso absoluto, marcando um momento importante da Fontaine e da cidade de Paris.

Já estamos ao final da festa, Juliet me dá o sinal. Chegou o momento. Desde que reencontrei Helena, o sentimento que tinha por ela e ficou por anos incubado em meu coração, agora tomou proporções ainda maiores. A cada dia me dou conta de que ela é muito mais do que a mãe da minha filha e do nosso bebê. Eu a amo com todo o meu ser.

Não poderia terminar esta noite de outra forma. Helena está distraída conversando com sua amiga e mais algumas mulheres.

Um microfone me é entregue. Eu bato testando e isso chama sua atenção. Helena passa as mãos na barriga já protuberante. Ela me olha sem entender o que está acontecendo. Já cumprimos todo o protocolo descrito por Juliet. Então começo.

— Há cerca de dez anos, eu era apenas um adolescente franzino que chegava ao Brasil, sem amigos ou qualquer interesse. Foi nesse período que conheci a pessoa mais incrível que eu já tinha visto.

Todos começam a caminhar em minha direção e param a poucos metros do palco. Meus olhos estão fixos nos de Helena. Ela demonstra confusão. Continuo:

— Com ela descobri que a química vai muito além do que a ciência mostra. Ela me apresentou ao maior sentimento que o ser humano pode sentir, o amor. Helena, por favor, você poderia vir aqui? O que tenho a lhe dizer precisa ser dito olho no olho.

Todos ovacionam, assoviam e aplaudem. Vejo Helena travada no lugar. Pela distância não consigo ver, mas tenho certeza de que está corada. Juliet a convence a caminhar até mim. Ela parece sair do transe e vem em minha direção.

— O que você está fazendo? — cochicha ao subir e parar ao meu lado.

Não a respondo. Em vez disso me ajoelho em uma das pernas e na outra apoio uma caixa de veludo preta com duas alianças.

— Eu fiz uma boa escolha na vida. Foi quando lhe entreguei meu coração. — Ela sorri envergonhada. — Helena, você já é a mãe dos meus filhos. Agora preciso que seja minha mulher em todas as circunstâncias. Seja minha, Helena! Case-se comigo?

Helena leva as mãos à boca, emocionada. As lágrimas brilham em sua face. Retiro o anel da caixa e estendo a ela.

— Sim! — diz chorosa. — Não sabe o quanto esperei por isso! — Ela me dá sua mão e passo o anel em seu dedo.

Novas palmas e assobios.

— Ela disse sim! — anuncio a todos que nos assistem.

Levanto-me animado e a abraço, com cuidado para não apertar sua barriga.

Nós nos beijamos apaixonadamente, felizes por termos encontrado um ao outro novamente e por estarmos prontos para enfrentar os desafios que virão pela frente juntos.

A campanha foi um sucesso, com uma estratégia de divulgação muito bem pensada e executada. A essência, agora como um produto independente, ganhou não somente um novo nome como também conquistou o mercado e recuperou a imagem da empresa. A Fontaine voltou a ser uma das empresas mais bem-sucedidas no mercado.

Helena e eu nos sentimos realizados com o sucesso da campanha. Sabemos tudo que passamos. Foram muitos desafios, mas no final a confiança e o amor que compartilhamos nos manteve unidos e fortes.

Com a empresa novamente em alta, Helena decidiu se dedicar à gravidez. Nada mais justo que ela fosse um pouco mimada. Ela já batalhou sozinha para criar Antonella, era justo que eu pudesse fazer tudo por nós dois agora.

Mesmo que ela resista por um tempo, acaba sendo convencida de que não precisa mais trabalhar. Estamos vivendo um verdadeiro conto de fadas. A mansão Fontaine, antes deserta e sem vida, agora tem luz e a vida pulsa dentro dela. Meu pai não cabe em si de tanta alegria ao ouvir Antonella o chamando de vovô. Virou um velho babão que faz todas as vontades dela, mesmo contra as ordens de Helena.

Ele disse que está cumprindo seu papel de avô, que é paparicar seus netos. Todos nós aguardamos o momento de ter o pequeno Louis em casa. Nosso pequeno trará ainda mais luz para nosso lar.

Algumas semanas depois...

Minha barriga proeminente me deixa sem ar. Já há alguns dias venho sentindo dores. Não quero alarmar ninguém, pois sei que ainda deve demorar alguns dias. Mas sei que a cada hora estou mais próxima de conhecer meu filho. As contrações vão e vêm. A médica já me preparou, Louis poderia se adiantar. Ele está muito grande e a cada dia se sente mais apertado dentro de mim.

Estou na varanda da casa, treinando a respiração e sentindo o verão se aproximar. Passo as mãos na barriga, sentindo o corpinho do Louis se espremer dentro de mim. Ele parece gostar do carinho e de vez em quando dá um chutinho.

De onde estou observo meu sogro e Antonella juntos. Ela está assentada em seu colo, enquanto ele lhe conta histórias sobre sua infância. Minha filha está fascinada com as aventuras que ele viveu quando era jovem e ri a cada piada que ele faz. Pietro sorri, feliz por poder passar esses momentos com a neta.

Antonella, que é muito esperta, já percebeu o quanto seu avô a ama. Noto que a espertinha tem manipulado o pobre do Pietro para conseguir tudo o que quer. Ela sabe que ele dificilmente lhe negará qualquer coisa.

Pietro se levanta, deixando Antonella sentada na poltrona. Ele caminha rumo à cozinha. Enquanto ele está fora, Antonella olha para as fotos antigas na parede, que mostram os membros da família Fontaine em várias fases da vida. Quando Pietro volta, traz uma grande taça de sorvete para Antonella. Ela aponta para uma fotografia e pergunta quem são as pessoas.

Ele se senta novamente e começa a contar a história de como conheceu sua esposa, avó da minha filha, e como eles se apaixonaram. Antonella presta muita atenção, pois adora ouvir histórias de amor.

Pietro se sente tão feliz. É perceptível como ele se derrete com a neta. É bem verdade que Ella trouxe muita alegria para a família. Não tenho dúvidas de que seus netos são a luz de sua vida. Vejo isso estampado a cada vez que olho em seus olhos.

De repente sinto uma fisgada na barriga, seguida de muita dor. Meu grito chama a atenção dos dois, que correm a meu socorro. A dor aumenta e gemo outra vez. A bolsa se rompe e o líquido escorre por minhas pernas.

— Mamãe! Você está fazendo xixi? — Antonella me repreende.

Se não estivesse com tanta dor, eu até riria de sua inocência.

— Não, minha querida, é seu irmão que está querendo nascer! — Pietro responde por mim.

— Venha, Helena, precisamos ir para o hospital. — Ele segura em minha mão, e com a outra apoia minhas costas.

— Preciso avisar ao Antoine — digo sentindo outra contração.

— Vamos, no caminho ligamos para ele — Pietro diz em sua calma corriqueira.

— Tudo bem, podemos fazer assim. Vou pegar minha bolsa e a do Louis.

Dou alguns passos e uma nova onda de dor me alcança.

— Aiii!

Dalva chega e se desespera ao me ver contorcendo-me de dor.

— Minha filha, chegou a hora! — Ela me olha apavorada.

— Precisamos correr, suas contrações estão ficando menos espaçadas. — Pietro me olha apreensivo.

Antonella me encara assustada. Louis está apressado. Ele está se adiantando em duas semanas. Carla já se programou, chegará na semana que vem para me acompanhar nos primeiros dias. Acabará perdendo o nascimento.

— Filha, a mamãe vai precisar de sua ajuda agora. Tudo bem? — Viro-me para Antonella assim que a dor passa.

— Sim, mamãe.

— Vá até o quarto de seu irmão e traga a bolsa que está em cima da cômoda, por favor.

Antes que eu termine a frase ela já está subindo as escadas. A porta da frente é aberta e uma sorridente Juliet passa por ela. Seu semblante vai mudando a medida que percebe o que está acontecendo.

— Meu Deus! Meu afilhado vai nascer! Não acredito!

Ela vem para me apoiar do outro lado.

— Como se sente, Helena?

— Estou bem. A dor vai e volta.

— Teremos tempo — ela diz.

— Mas não podemos demorar, a bolsa já se rompeu — meu sogro completa.

— Juliet, preciso que você acalme a Dalva e fique com a Antonella para mim. A Carla me ajudaria, mas meu filho resolveu nascer antes do programado.

— Não se preocupe, Helena. Antonella ficará bem! E a Dalva vai se acalmar! — Juliet me tranquiliza.

Caminhamos para a porta de saída. Joseph já nos aguarda com o carro de portas abertas.

— Aqui mamãe, sua bolsa. — Antonella me entrega a mala, onde já deixei tudo preparado para mim e Louis.

Pietro pega a mala e eu me abaixo à altura de Antonella. Beijo seu rosto com carinho.

— Fique tranquila, tia Juliet vai cuidar de você. A mamãe volta assim que seu irmão estiver bem para voltar para casa, ok?

Ela concorda com a cabeça e me dá um abraço apertado. Antes que eu me vire, deixa um beijo na minha barriga.

— Eu vou te esperar, irmãozinho.

Eu me emociono com a cena. Despeço-me dela e entro no carro com Pietro ao meu lado. Joseph dirige pelas ruas de Paris até chegarmos ao hospital.

Sou recebida pelo doutor Jean Neville, noivo da Juliet. Com certeza ele foi avisado por ela. Ele não é obstetra, mas será o pediatra que vai receber o Louis. Ele me acompanha até a sala de parto já preparada para mim. Doutora Marie Dupont já está de roupas cirúrgicas, touca, máscara e luvas. Quase não a reconheci, mas sua voz ao me receber é inconfundível.

— Obrigada, doutor Jean, por trazer minha gestante. Agora vamos analizar as condições desta mamãe, para vermos se Louis nasce naturalmente ou se precisaremos intervir com uma cesariana.

Colocam-me sobre a maca e logo um soro é conectado a minha mão. Doutor Jean permanece na sala de parto. Ele receberá o Louis para seus primeiros cuidados.

Olho para o lado à procura de Antoine. Não o vejo.

— Se está procurando pelo Antoine, ele já está a caminho — Jean fala às minhas costas.

Sorrio para ele em forma de agradecimento. Uma forte contração me faz gemer. Logo vem outra.

— Iremos tentar o parto normal, Helena. Você está com a dilatação necessária e tem contração — doutora Marie me explica quando outra contração ainda mais forte me atinge, me fazendo uivar de dor.

Sinto um aperto em minha mão e, quando consigo abrir os olhos, encontro os de Antoine me passando a força e mostrando todo seu amor.

Sinto as contrações cada vez mais fortes. Antoine permanece ao meu lado, segurando minha mão e me encorajando a cada momento. Os médicos e enfermeiras correm em volta da maca, preparando tudo para o parto.

Finalmente chegou a hora de começar a empurrar e dar à luz meu filho. Concentro-me nas respirações e sigo as orientações da doutora Marie. Antoine está ao meu lado me dando a força que preciso para continuar.

Quando finalmente faço mais força, o bebê nasce. Doutora Marie pergunta a Antoine se quer cortar o cordão umbilical. Ele afirma positivamente com a cabeça e se posiciona para o fazer.

Assim que o cordão é cortado, Louis é levado para receber seus primeiros cuidados por Jean. Primeiro para a balança para ser pesado e medido, tudo isso sendo anotado em sua ficha de nascimento. Antoine segue de perto, com os olhos marejados, ansioso para saber tudo sobre seu filho.

— Parabéns, é um menino lindo e saudável! — diz doutor Jean com um sorriso, segurando o bebê envolto em um cobertor, entregando-o ao pai.

Antoine se aproxima, emocionado, beijando a testa do filho que ainda está com aquela camada de pele de todo neonato.

Ele o traz até mim e me entrega aquele embrulho azul. Ver meu filho pela primeira vez é indescritível. Acaricio seu rosto e olho para Antoine, que está com lágrimas nos olhos.

— Ele é perfeito — diz.

Seguro nosso bebê, olhando para ele com amor incondicional. Antoine se aproxima e o acaricia suavemente, maravilhado com a vida que acabamos de trazer ao mundo.

— Seja bem-vindo, Louis! — diz, beijando minha testa e nos abraçando.

Para estarmos totalmente completos, falta Antonella.

— Você me deu a melhor família que eu poderia querer. Estou muito feliz e grato por ter filhos tão lindos e saudáveis.

A emoção é sentida por todos dentro da sala.

Como tudo correu bem e Louis nasceu saudável, no dia seguinte voltamos para casa.

Alguns meses depois...

Estou encostado no marco da porta que dá para a piscina. É verão e faz dia de sol. Observo Antonella nadando com Juliet e Jean. Helena está debaixo do guarda-sol com nosso pequeno Louis no colo, conversando com Dalva, alegre. Sinto sua energia contagiante daqui.

Hoje nosso pequeno completa dois meses. Eu ainda estou extasiado com toda a reviravolta que minha vida deu. Há um ano, se me falassem que eu estaria feliz ao ver esta cena, eu diria que a pessoa estava louca.

Sorrio com esse pensamento. Nunca imaginaria que pudesse ser tão feliz.

— Está feliz, meu filho? — Meu pai se aproxima e coloca a mão em meu ombro.

— Como nunca, *papa*. — Vejo-o sorrir.

— Eu sempre lhe disse que precisava formar sua família.

— E eu lhe dizia que o tempo para isso chegaria. E aí está, *papa*. Esse dia chegou.

— Agora eu entendo, faltava a pessoa certa. — Ele olha para Helena. — Quem diria que aquela menina sardenta iria roubar o coração do meu filho?

Sorrio com seu comentário.

— Pois é, eu não poderia me casar com outra estando sem coração.

— Bom, agora que recuperou seu coração e que ela já lhe deu dois filhos, acho que já passou da hora de levá-la ao altar, não acha?

Gargalho alto e ele me acompanha.

— Sei que vivemos em tempos modernos, mas um Fontaine é sempre um Fontaine! Você precisa colocar as coisas em ordem.

— Farei isso, *papa*! Já tenho planos para isso.

— Fico feliz em saber. Agora, se me der licença, vou sair de viagem para Provence.

O vilarejo é pequeno e aconchegante, com poucos moradores e comércios locais charmosos. É o lugar perfeito para se desconectar. Mamãe amava este lugar, talvez por isso *papa* sempre fuja para lá.

O lugar deve estar cheio de memórias dos dois. Não o culpo por se ausentar às vezes e se esconder por lá. Eu mesmo amava aquele lugar. Passava todas as férias escolares lá com minha mãe. *Papa* ia nos encontrar nos fins de semana, pois não podia deixar suas obrigaçoes na empresa.

— Ficará por quanto tempo, *papa*?

— Volto para o casamento.

— E se demorar para acontecer?

— Tenho certeza de que não esperará muito. Eu vi isso no seu olhar.

Sorrio mais uma vez. *Papa* me conhece como nenhum outro.

— Até breve, então. Faça uma boa viagem.

Abraço meu *papa*. Sei o quanto ele deseja que eu viva essa felicidade que um dia viveu ao lado de minha mãe.

Sei o quanto sofre com a ausência dela, mas, infelizmente, este é o plano de Deus. A nós bastava confiar e aceitar que a dor diminua com o tempo.

Helena e eu enfrentamos muitos desafios desde que nos separamos ainda na adolescência. Não foi fácil chegar até aqui, mas podemos dizer que superamos todas as adversidades que se levantaram contra nós.

Agora chegou a hora de desfrutarmos de uma vida feliz com nossos filhos em compainha de pessoas queridas. Podemos dizer que encontramos a verdadeira felicidade. Parece piegas admitir isso, mas é assim que vejo a nossa história de amor.

E assim, Helena e Antoine continua, como uma inspiração para aqueles que acreditam no poder do amor e da perseverança.

Fim!

— Espere só mais um pouco! Quero contar como me senti diante de tudo que aconteceu.

— Tudo bem, Antonella! Nos diga!

— Preciso de mais um capítulo, pode ser?

— Claro! Acho que você merece!

Epílogo

Antonella, Paris

Estou sorrindo e não é qualquer sorriso: é um sorriso radiante. Neste momento eu deixo escapar um suspiro de felicidade enquanto seguro o diário da minha avó. Completei dez anos há pouco tempo, e a descoberta da minha história está sendo como um conto de fadas se tornando realidade. Estou na biblioteca de nossa casa, o meu mais novo lugar favorito.

Durante toda a minha vida sonhei em desvendar o mistério que envolvia a identidade do meu pai. Agora, cada página virada e palavra lida revelam os laços que me ligam a um homem que sempre desejei conhecer. A emoção é quase palpável, transbordando em meu coração.

Viver este momento é a melhor coisa que poderia ter acontecido. A presença de meu pai, que antes era apenas um sonho distante, se tornou a realidade mais doce que eu poderia imaginar. A realidade de tê-lo em minha vida, de criar memórias e compartilhar momentos, é como um presente dos céus.

Não consigo conter a alegria que transborda de cada poro de meu ser. Nunca contei à mamãe, pois sei que ela se chateava toda vez que alguém tocava no assunto paternidade, mas sempre desejei saber quem ele é e descobrir por que meu pai não me queria. Hoje eu sei tudo e sussurro para mim mesma: "Papai, eu sempre quis te encontrar e agora você está aqui. Meu coração está transbordando de amor e gratidão".

Embora vocês pensem que sou apenas uma criança, devo informar que já sou uma pré-adolescente. Tenho um mundo todo para descobrir e novos capítulos da minha vida para escrever.

Hoje o Louis chega a nossa casa. Papai já me disse que o parto foi tranquilo e que a mãe está bem. Não vejo a hora de conhecer meu irmãozinho. Eu vi seu rostinho na ultrassonografia que a mãe fez e fiquei imaginando como a pessoa que inventou este aparelho se dedicou.

Nós pudemos ver o rostinho do Louis ainda dentro da mamãe. Foi um momento lindo, mas agora sei que será ainda mais perfeito.

— Antonella!! — vovó Dalva me chama. — Sua mãe está chegando com o Louis, venha!

— Já vou, vovó! — Levanto-me da poltrona e coloco o diário da vovó Antonella de volta na estante.

Corro até a entrada de casa onde o vovô Pietro e a vovó Dalva esperam junto à porta já aberta. Nossa casa tem cheiro de bolo saído do forno e isso é aconchegante. Faz com que eu me sinta em casa. Eu gosto deste sentimento.

O carro do papai estaciona próximo à entrada, ele desce da direção e vem abrir a porta para a mamãe, mas o vovô é mais rápido e faz isso por ele. Papai se aproxima, ajuda a mamãe a descer e então pega Louis da cadeirinha.

Corro para abraçá-la. Ela ainda é a melhor pessoa deste mundo e eu a amo muito. Passar um dia sequer sem mamãe é muito angustiante para mim.

— Oi, minha querida. Como você está?

— Com saudades, mamãe. — Eu me solto de seu abraço e vou em direção ao papai. — O Louis é tão pequenino! — digo ao colocar os olhos no pequeno embrulho azul no colo do papai.

— Sim! Ele é um recém-nascido. Logo ele estará grande e forte, correndo por aí! — o vovô fala, também se aproximando para ver o pequeno.

— Quer pegar seu irmão? — papai me pergunta.

— Eu posso?

— Claro que sim! Você é a irmã mais velha.

Eu mal posso acreditar! Meu coração está cheio de emoção e alegria. Eu me sinto importante e especial por ser a irmã mais velha, alguém em que meus pais confiam para cuidar e amar o novo membro da família.

Com um sorriso radiante estampado no rosto, eu balanço a cabeça freneticamente expressando minha empolgação. A ansiedade me domina, mas também havia um sentimento de responsabilidade e proteção. Eu queria mostrar ao meu irmãozinho o quanto ele é amado e o quanto está seguro ao meu lado.

Seguro as mãozinhas do meu irmão enquanto caminhamos em direção à sala para que eu possa me sentar. Meu coração bate acelerado como se quisesse sair do peito de tanta felicidade. Mal posso esperar para vê-lo crescer e poder brincar com ele.

Ao entrarmos na sala, eu me posiciono no sofá e ele é colocado em meu colo. Meus olhos brilham ao ver meu irmãozinho deitado nos meus braços. Ele é tão pequenino e frágil, mas eu sei que serei sua protetora. Com todo o cuidado do mundo, me aproximo dele e sinto seu cheirinho de bebê. Aperto-o em meus braços com cuidado e carinho, como se segurasse um tesouro delicado.

Seus olhinhos curiosos me encaram e uma sensação indescritível de conexão e afeto toma conta de mim. Eu sou a irmã mais velha e estou pronta para ser a melhor amiga e guia dele nesta jornada chamada vida.

Com cuidado, embalo meu irmãozinho nos braços, sentindo seu corpinho quente encostado ao meu peito. Ele é um pedacinho de mim, de nossa família, estou determinada a protegê-lo e amá-lo para sempre. Neste momento, o mundo ao nosso redor desaparece, e só existimos eu e ele, unidos por um laço inquebrável.

Enquanto acaricio delicadamente sua cabecinha, sussurro palavras de carinho e boas-vindas. Prometo estar sempre ao seu lado, cuidando e compartilhando momentos especiais juntos. Aquela sensação de ternura e conexão é indescritível e meu coração transborda de felicidade por ter meu irmãozinho nos meus braços.

Neste instante descubro que nossa jornada como irmãos será repleta de amor, risadas e aventuras. Estou pronta para ser sua protetora, sua confidente e sua melhor amiga. Pegar meu irmãozinho nos braços é um presente que a vida me deu, e eu sei que essa ligação entre nós durará para sempre.

Um ano e meio mais tarde...

Semana que vem completo doze anos e papai perguntou como eu quero minha festa. Ele disse que posso escolher o que quiser. Mas, sabe, estou pensando... Em vez de uma grande festa com muitos convidados, quero algo diferente. Eu quero passar uma semana inteira com a minha família, aproveitando momentos juntos e criando memórias especiais. Não me importo com os enfeites, os presentes ou as comidas. O que eu mais quero é estar perto deles, compartilhando momentos únicos.

Digo ao papai exatamente isso e ele sorri para mim. Percebo que está pensando em algo, mas não faço ideia do que seria. Então, ele me surpreende com um presente incrível. Diz que faremos uma viagem para um lugar mágico, cheio de diversão e aventura. Orlando!

Fico boquiaberta. Orlando sempre foi o lugar dos meus sonhos. Sempre ouço histórias sobre os parques temáticos incríveis, os personagens dos desenhos animados que ganham vida e as montanhas-russas emocionantes. Agora eu tenho a chance de vivenciar tudo isso pessoalmente. É um presente dos sonhos!

Eu olho para o papai com os olhos brilhando de felicidade e pulo em seus braços, abraçando-o apertado. Não consigo acreditar na sorte que tenho. Ter uma família que me ama tanto e que faz de tudo para me ver feliz é algo realmente especial.

Mamãe e Louis também estão animados com a notícia, embora meu irmão não faça ideia do que tudo aquilo representa. Mesmo assim eles sorriem e abraçam a ideia da viagem. Mal podemos esperar para embarcar nessa aventura juntos.

No dia seguinte, papai começa a organizar todos os detalhes da viagem. Ele liga para agência, reserva os voos e os hotéis. A cada novo passo dado, minha expectativa só aumenta. Não consigo conter a empolgação e conto os dias ansiosamente.

Por fim chega o dia da nossa partida. O aeroporto está movimentado, cheio de pessoas ansiosas para embarcar em suas próprias aventuras. Mas, para mim, a maior aventura está começando aqui mesmo, ao lado da minha família.

Enquanto esperamos nosso voo, eu e Louis ficamos imaginando todas as coisas incríveis que faremos em Orlando. Na verdade, eu imagino sozinha e conto para ele, que ri do que eu falo. Tenho certeza de que não faz ideia do que estou falando. Mas, como um bom irmão, ele concorda e ri de tudo que eu falo. Tudo parece possível neste momento.

Quando finalmente pisamos em solo americano, sinto um friozinho na barriga e um sorriso enorme se forma em meu rosto. Essa será a melhor semana da minha vida, tenho certeza.

Ao longo dos dias que se seguem, exploramos os parques, nos divertimos nas atrações, tiramos fotos com os personagens e rimos sem parar. Cada momento é especial e único. Estamos vivendo um sonho em família.

Na véspera do meu aniversário enquanto estamos no hotel, papai e mamãe me chamam para um canto. Eles têm uma surpresa especial reservada para mim. Com um sorriso no rosto, me dão um pacote de presentes embrulhados com papel colorido.

Curiosa, começo a abri-los um por um. Primeiro, encontro uma camiseta estampada com os personagens dos parques. Eu a visto imediatamente, sentindo-me parte daquele lugar mágico.

Em seguida, acho um álbum de fotos, algumas caixas de filme e uma câmera polaroide.

— Isto é para que você registre os momentos incríveis que estamos vivendo — mamãe diz.

É como se eu pudesse pegar as memórias e as eternizar naquele papel especial. Enquanto o papai prepara a câmera, por fim, abro o último presente.

É uma caixinha pequena envolta em um laço dourado. Com cuidado abro-a e meus olhos se enchem de lágrimas de felicidade. Dentro da caixa há uma pulseira com um pingente em forma de coração.

Papai passa a câmera para mamãe e pega a pulseira delicadamente, colocando-a em meu pulso. Ele me diz que o pingente é muito especial, pois representa o amor e a união da nossa família. Eu prometo a mim mesma nunca tirar esta pulseira, pois ela simboliza o vínculo único que compartilhamos.

Ouço o clique no momento em que abraço meu pai.

— Esta será a primeira foto do seu álbum. Que você possa enchê-lo com bons momentos! — mamãe diz, sorrindo.

Vejo a foto sair como mágica da câmera. Sorrio animada, pegando a câmera e fazendo várias fotos que também vão para o álbum.

Nesta noite, quando me deito na cama, olho para o pingente reluzente na pulseira e sinto meu coração transbordar de gratidão. Tudo o que eu sempre desejei está se realizando: ter meu pai ao meu lado compartilhando momentos de alegria e agora um irmãozinho para amar e cuidar. Este é o presente mais precioso que eu poderia receber.

Enquanto adormeço, agradeço aos céus por ter uma família tão especial. Sei que nossa viagem é apenas o começo de muitas aventuras e momentos inesquecíveis que ainda viveremos juntos. Eu estou pronta para aproveitar cada instante ao lado deles, sabendo que o amor e a felicidade nos acompanharão para sempre.

Seis anos depois...

Determinada e apaixonada pela química assim como minha mãe, estou frequentando a universidade, dedicando-me aos estudos e alimentando minha curiosidade científica.

A química, ah, a química..., uma disciplina fascinante e cativante. Ela nos leva a um mundo maravilhoso de fórmulas, reações e compostos. É como um balé de átomos e moléculas, dançando em perfeita harmonia que me faz entender a paixão dos meus pais, porque a química é como um romance proibido entre os elementos, com suas ligações cheias de paixão e eletricidade. Ela nos encanta com suas equações que parecem hieróglifos misteriosos, desafiando-nos a decifrá-las e revelar os segredos do Universo.

A química é uma paixão em minha vida. Mas além disso, assim como meu pai, também me interesso nos assuntos do conglomerado Fontaine. Papai fica todo orgulhoso quando compartilha os segredos e desafios do mundo dos negócios comigo. É um momento só nosso, como ele e o vovô Pietro tiveram um dia. Quando a agenda da universidade permite, passamos horas discutindo estratégias, analisando relatórios e planejando o futuro da empresa. Isso nos aproxima ainda mais.

Hoje o dia amanheceu lindo. Tomo café da manhã como sempre, na companhia da minha família. Faz alguns dias que o vovô Pietro voltou de viagem. Eu me divirto quando ele está em casa, pois amo ouvir suas histórias.

A mesa do café está lindamente montada, observo ao passar pela porta e vejo que todos já estão em seus lugares. Mamãe, papai, vovó Dalva, vovô Pietro e Louis.

— *Bonjour!* — digo ao me aproximar.

— *Bonjour, ma chère!* — vovô é o primeiro a responder, seguido dos demais.

Ao passar pela cadeira do Louis, bagunço seus cabelos.

— *Bonjour*, pirralho! — sussurro próximo aos seus ouvidos.

— Mamãe, Ella me chamou de pirralho outra vez! — Ele me entrega.

— Antonella, já disse para não chamar seu irmão de pirralho! — Mamãe se faz de brava.

Vejo papai disfarçar um sorriso.

— Mamãe, sabe que eu amo esse pirralho, e pode ter certeza de que sou a única que pode chamá-lo assim. Não permito que mais ninguém o faça — digo dando-lhe um beijo na bochecha, que ele limpa, fazendo todos rirem.

Meu irmão se emburra, voltamos ao nosso café em uma conversa agradável.

— Mãe, pai, hoje à tarde farei um trabalho em grupo. Marquei com os meus colegas para fazermos aqui em casa, espero que esteja tudo bem para vocês.

— Claro, minha querida! Esta é sua casa! Não vejo problemas em se reunir com seus amigos aqui — mamãe responde e papai me olha desconfiado.

Papai se tornou muito ciumento e protetor depois que fui para a faculdade. Nunca dei motivos para que ele ficasse assim. Mamãe disse que é porque estou me transformando a cada dia em uma mulher e que logo estarei me interessando por alguém, e meu pai já sofre com esta possibilidade. Sorrio com a ciumeira descabida do papai, pois ainda não encontrei ninguém que mexa com meu coração.

A tarde está ensolarada, meus amigos acabam de chegar. Vamos para a sala e nos assentamos em volta da mesa de centro. Estou rodeada de meus amigos mais próximos. São jovens estudantes como eu, cada um com suas próprias aspirações e personalidades únicas. Entre risadas e conversas animadas, nós compartilhamos nossas ideias e montamos nosso trabalho.

Eu vejo que papai observa a cena de longe, sentado em sua poltrona favorita. Posso ver que ele transborda de amor e orgulho de mim, mas vejo que algo inusitado começa a surgir dentro dele: o sentimento de ciúmes. Ver meus amigos ao meu redor desperta nele uma preocupação peculiar. Posso ver seus olhos atentos em nós enquanto finge ler seu jornal.

Antoine – Paris

Enquanto seus amigos conversam e riem, Antonella segue escrevendo. Modéstia à parte, minha filha se destaca pela inteligência e bom humor ao conduzir seu trabalho. Sua personalidade cativante atrai a atenção dos rapazes, que parecem interessados em conhecê-la melhor. Não posso negar que seus amigos poderiam se tornar potenciais pretendentes ou namorados, afinal aconteceu comigo e sua mãe.

Olho para o relógio e decido agir. Aproximo-me do grupo, tentando disfarçar meu ciúme com um sorriso no rosto. Antonella, percebendo minha presença, acena animadamente.

— Papai, venha conhecer meus amigos! Esses são Lucas, Amélie e Pierre. Eles são incríveis!

Cumprimento cada um dos amigos de Antonella, apertando a mão deles de forma um tanto vigorosa.

Quando cumprimento Lucas, percebo um certo entusiasmo do rapaz, então me lembro de já ter escutado seu nome em conversas de Antonella com Helena.

— Ah, o famoso Lucas! Antonella já me falou de você. — Vejo minha filha arregalar os olhos. — Como anda aquela coleção de miniaturas de carros?

O garoto me olha surpreso.

— Ah, sim... Bem, ainda estou expandindo a minha coleção, sabe...

Vejo Antonella sorrindo nervosa.

— Papai, não precisa assustar o Lucas com suas perguntas detalhadas sobre carros!

Sorrio percebendo que minhas suspeitas são válidas.

— Ah, mas é que eu também adorava colecionar carros quando era jovem. Tive uma bela coleção, diga-se de passagem!

— E você, Antonella, contou ao seu pai sobre aquele projeto incrível que está desenvolvendo na universidade? — Amélie indaga com um sorriso tímido.

Antonella me olha com uma expressão divertida.

— Ah, papai, você vai adorar essa! Estou trabalhando em uma pesquisa sobre...

— Sobre a criação de um carro movido a algas marinhas, não é? Fantástico! — interrompo-a. — Já estou imaginando como será dirigir um veículo ecológico assim!

— Na verdade, senhor, o projeto da Antonella é sobre a utilização de algas para a produção de biocombustíveis... — Pierre me explica com um sorriso contido.

— Sim, sim, é exatamente isso! — Não espero que ele conclua. — Muito promissor, não é? Antonella sempre tem ideias inovadoras!

— Papai, você realmente não perde uma oportunidade de se empolgar, né? — Ela sorri.

— É que você é minha filha brilhante, e eu me empolgo com cada conquista sua! — justifico empolgado.

Os amigos de Antonella trocam olhares divertidos diante das minhas reações exageradas. Tento disfarçar meus ciúmes, porém minha expressão amorosa de pai orgulhoso é sincera.

Mudo o rumo da conversa e faço perguntas curiosas, mostrando um interesse excessivo na vida deles. Os amigos de Antonella parecem um tanto constrangidos, mas minha filha apenas ri da situação.

Volto-me para o Lucas:

— Quer dizer que você é amigo da minha querida Antonella, hein? — Deixo-o um pouco desconcertado e sorrio internamente.

— Sim, senhor. Somos amigos há um bom tempo.

Antonella tenta conter o riso. Cruzo os braços.

— Bem, bem... amigos, é?

O rapaz concorda com a cabeça.

— Senhor Antoine, não precisa se preocupar. Somos todos amigos leais, eu garanto — Amélie diz sorrindo.

— Ah, amigos leais. É o que todos dizem. — Vejo o garoto corar. — Bom..., vamos ver se vocês conseguem passar no teste do tempo. Afinal, amigos verdadeiros sempre se mostram nos momentos difíceis, não é?

Antonella coloca a mão em meu ombro.

— Papai, relaxa! São apenas meus amigos. Não precisa ser tão desconfiado. Eles são ótimas pessoas, tenho certeza de que você vai gostar deles. Não precisa agir como a DGSI[1] (*Direction Générale de la Sécurité Intérieure*), tá bom?

Tento disfarçar meu ciúme, balançando a cabeça e soltando uma risada.

— DGSI? Eu? Imagina, minha querida! Estou apenas garantindo que você está cercada por pessoas boas e confiáveis — sussurro para que somente ela escute.

Antonella revira os olhos de forma divertida, sabendo muito bem o que se passa na minha cabeça. Ela se levanta e me abraça carinhosamente, tranquilizando-me.

— Papai, você sempre será o número um no meu coração. Nenhum amigo pode mudar isso — ela sussurra em meu ouvido.

Suspiro aliviado, abraçando-a com ternura.

---

[1] Órgão semelhante ao FBI na França.

— Eu sei, minha princesa. Apenas quero o melhor para você.

Fim!

Agradecimentos

Agradeço de coração a todas as pessoas que contribuíram para a realização deste livro e me apoiaram ao longo dessa jornada.

Primeiramente, gostaria de expressar minha gratidão aos meus filhos e esposo. Obrigada por seu amor incondicional, encorajamento constante e por acreditarem em mim até quando eu mesma duvido.

Um agradecimento especial aos meus pais, que sempre me incentivaram a perseguir meus sonhos e me deram a base para crescer e me tornar quem sou hoje. Sua dedicação e apoio são inestimáveis.

Aos meus amigos e leitores quero agradecer por compartilharem suas vivências e experiências, contribuindo muito no processo de escrita. Sou grata por cada vivência valiosa e inspiração contínua.

Agradeço também aos editores, revisores, betas e toda a equipe envolvida na publicação deste livro. Seu trabalho árduo e expertise foram essenciais para transformar minha visão em realidade. Sou imensamente grata pela dedicação e profissionalismo de cada um.

Aos leitores, minha mais profunda gratidão. Sem vocês, este livro não teria propósito. Espero sinceramente que as palavras escritas nestas páginas toquem seu coração, inspirem sua mente e proporcionem momentos de descontração e alegria.

Por fim, dedico um agradecimento especial a todas as pessoas que, de alguma forma, contribuíram para minha jornada de escrita. Seja por meio de encorajamento, apoio emocional ou feedback construtivo, a presença de vocês em minha vida fez toda a diferença.

Agradeço as minhas parceiras de divulgação: Duciara do @cantinhodaduci, Renatinha do @renatinhasilvs, Eduarda do @aviao_literario, Luana do @luleituraa, Letícia do @letssgc_17, meninas, obrigada por fazerem parte da construção da minha história. Vocês são incríveis!

Obrigada a todos que compartilham desta caminhada comigo. Sua presença e apoio significam o mundo para mim. Que este livro possa trazer alegria, inspiração e conexões únicas.

Com gratidão, Marise Cortez

A Nota da autora

Caros leitores,

Ao chegarmos ao final desta jornada emocionante em "A Essência", gostaria de compartilhar com vocês um acontecimento que encheu meu coração de alegria e gratidão.

O primeiro livro desta série, "A Essência I - Aconteceu no Outono", foi agraciado com honras e reconhecimentos. É com grande orgulho que anuncio que o livro ganhou o prestigioso Prêmio Internacional Literário WBR Awards de Melhor Romance e Melhor Drama de 2022. Essa conquista é um testemunho do poder do amor, da química e da busca pela felicidade que permeiam a história de Helena e Antoine.

Além disso, "A Essência I - Aconteceu no Outono" foi reconhecido em segundo lugar como a Melhor Capa de 2022. A arte da capa foi cuidadosamente criada para refletir a essência da história, e esse reconhecimento é uma honra para todos os envolvidos no processo de criação do livro.

Gostaria de expressar minha mais profunda gratidão a vocês, queridos leitores, por seu apoio incondicional e por embarcarem nessa jornada comigo. Seja através de suas palavras de encorajamento, de compartilhar a história com amigos ou de deixar suas avaliações, cada gesto contribuiu para o sucesso e reconhecimento que "A Essência" alcançou.

Espero que esta nota adicional ao final do livro traga ainda mais alegria e orgulho a todos nós que fazemos parte desta jornada literária. Compartilhem essa conquista com aqueles que apreciam uma história emocionante e que desejam embarcar em uma viagem pelos caminhos tortuosos do amor e da redenção.

Não esqueçam de deixar suas avaliações na plataforma, para que eu saiba sua opinião e para que o livro alcance ainda mais leitores. Se desejarem conversar diretamente comigo, ficarei honrada! Minhas redes sociais é @marise_cortez. Não se acanhe, venha conversar comigo!

Uma vez mais, meu mais sincero agradecimento. Que essa conquista nos inspire a continuar escrevendo histórias que toquem os corações e alimentem a imaginação de todos os leitores ao redor do mundo.

Com carinho,

Sobre a Autora

Marise Cortez é mineira, de Divinópolis, bacharel em Administração e pós-graduada em Educação Especial. Considera-se uma leitora assídua. É apaixonada por séries, filmes e viagens. Entusiasta das obras nacionais e apaixonada por romance, leu inúmeras histórias até arriscar-se a escrever seu primeiro livro em 2019. Estreou como autora independente em 2021. Seus livros relatam histórias de amor com doses de drama.

Outras obras da Autora

Vidas Roubadas - Quanta dor, segregação e enganos um amor pode suportar?

Frutos de um amor verdadeiro, duas irmãs gêmeas são separadas ainda bebês por aquele que as devia proteger. Os laços sanguíneos serão fortes o suficiente para uni-las novamente?

Laços de sangue são fortes ligações, no entanto os laços de almas são inexplicavelmente mais poderosos. Os laços de sangue nem sempre são o que liga um coração ao outro. Ligações de alma vão além dos laços físicos.

Gisele é uma médica recém-formada em busca de sua especialização em oncologia e tem a oportunidade de trabalhar com seu ídolo dentro da profissão. Mas para isso ela precisará deixar tudo para trás e embarcar em uma nova experiência em outro país.

Débora, formada em pedagogia, realiza um trabalho assistencial junto ao seu marido em uma cidade interiorana, no estado de São Paulo. É diagnosticada com uma grave enfermidade. Um caso raro de câncer. Em busca das melhores alternativas de tratamento, embarca com sua família para a Flórida, para se tratar em um dos mais renomados institutos de câncer da América.

Uma série de acontecimentos leva a reações extremas, trazendo sofrimento e devastação a muitas pessoas. Vidas são separadas. Seria o destino ou o acaso? A vida pode ser uma caixa de surpresas quando percebemos que há algo grandioso regendo o Universo, como se fôssemos instrumentos em uma orquestra. Precisamos estar afinados e em harmonia para que a composição seja perfeita. Assim entendemos que, mais que laços de sangue, trata-se de ligação de alma.

Acesse pelo link abaixo:
https://amzn.to/3vQjRVT

Uma Vida Por Você - Uma vida marcada pela dor da perda em meio às tempestades. Paulo se depara com luz e aconchego em um encontro inusitado com Camila. Você vai conhecer o começo da história desse casal que vivenciou a maldade de um pai carrasco e impositor.

Acredito na força do amor e que ele é capaz de curar a alma machucada; é capaz de colar os cacos e tirar da escuridão a alma perdida. Vivemos em busca do amor e, quando estamos diante dele, precisamos reconhecê-lo.

Para entender o presente e permitir imaginar o futuro, precisamos conhecer o passado. Este conto traz a história que antecedeu a narrativa de Vidas Roubadas. E será necessário para entender o que vem por aí em *O Valor da Vida.*

Acesse pelo link abaixo:
https://amzn.to/3cuGK9V

O Valor da Vida - Doutor Paulo Frederico é um renomado médico e fundador do SKCI, um dos mais importantes e modernos institutos para o tratamento do câncer da América. Ele leva uma vida solitária desde que perdeu seu único amor para a enfermidade a qual foi impossibilitado de ajudá-la a tratar. Depois de uma vida inteira sofrendo a perda desse amor, descobre que Camila está viva e, com a esperança de ter de volta tudo aquilo que achou ter perdido, resolve ir ao encontro dela.

Camila foi dada como morta e por um acaso do destino tem sua vida de volta, mas enfrenta várias batalhas para conseguir recuperar tudo aquilo que lhe foi tirado. Suas lutas não serão fáceis. Mas será que o Universo mais uma vez vai agir em favor daqueles que merecem?

Este livro pode ser lido separadamente, porém traz a continuação de *Vidas Roubadas*, recobrando a história de Camila, Paulo Frederico e também, em parte, das irmãs Gisele e Débora. Muitos acasos, que fortificam ainda mais o amor que nunca se esfriou ou nem sequer acabou. Afinal, para os que amam, o tempo é eterno. Enquanto tivermos vida e oportunidade, é possível amar.

Acesse pelo link abaixo:
https://amzn.to/3jv11ik

A Essencia I – Aconteceu no Outono - Antoine nasceu em uma família rica, viveu no luxo e conforto. Nunca precisou lutar para conquistar o que queria. Precisou deixar para trás algo que significou muito para ele, criando um vazio que nunca foi preenchido.

Após seu pai decidir se aposentar, ele recebe a direção do conglomerado Fontaine, mas enfrentará intrigas e armações que irão testar suas habilidades como líder.

Helena se tornou uma mulher forte e batalhadora quando foi expulsa de casa por sua mãe, ao descobrir-se grávida. Para complicar sua situação, o pai de sua filha simplesmente desapareceu. Grávida e desamparada, ela se muda de cidade em busca de condições para cuidar e zelar sozinha por sua filha.

A história deles está mais entrelaçada do que se pode imaginar. Segredos, intrigas e armações farão parte da sua vida. Será que o destino conseguirá uni-los?

Acesse pelo link abaixo:
https://amzn.to/3OZtRXv